사랑하고 사랑하는 당신

사랑하고 사랑하는 당신 得李印聖

아버지의 편지
그리고 서로의 든든한 울타리가 되어준
가족들의 글 모음

엮은이
이수곤 이성희 이수달 이수원 이수성 이광희 이선희

■ 책을 엮으며

6개월여 전에 가족들이 어머니 집에 모였습니다. 옛날 물건을 뒤적이다가 어머니와 이미 돌아가신 아버지가 아주 옛날에 주고받았던 편지 꾸러미를 발견했습니다. 그 자리에 있었던 형제들끼리 그냥 재미로 그 글을 읽다가 자연스럽게 한번 책으로 묶어 보자는 얘기가 나왔습니다. 아마 아들들만 있었다면 얘기로 그냥 끝났겠지만 역시 딸들은 다르더군요. 그 편지글에다가 다른 여러 자료가 더해져서 드디어 책이 탄생하였습니다.

마침 올해는 아버지가 돌아가신 지 10년째 되는 해입니다. 어머니는 88세, 미수입니다. 책을 만들고 보니 의미 있는 해에 두 분께 드리는 의미 있는 선물도 될 수 있을 것 같아 자식들로서 기쁨이 아닐 수 없습니다.

저는 무남독녀이셨던 저희 어머니가 1944년경 저 멀리 황해도 재령에서 부모님 곁을 떠나 초등학교 교사직도 버리고 아버지를 따라 강원도 산골 화천으로 오신 것이 정말로 기적 같다는 생각을 했었습니다. 그런데 이번 서간문을 정리하면서 저희 어머니가 정말 현명하셨다는 생각을 하게 되었습니다. 왜냐하면 편지글 곳곳에 숨어 있는 돌아가신 아버지의 인생에 대한 진지함과 애틋함, 그리고 삶에 대한 깊은 성찰을 느낄 수 있었기 때문입니다. 저희 아버지와 함께라면 훌륭하고 모범적인 가정을 꾸릴 수 있다는 확신을 스무 살 처녀가 그 젊은 시절에 알았으니까 화천까지 오셨고, 그런 면에서 저희 어머니의 내공도 보통이 아니셨나 봅니다.

저는 저희 부모님이 당신들의 편지글을 모아 책으로 헌정 받을 자격이 충분하다고 생각합니다. 왜냐하면 아들딸 일곱을 낳아 모두 다 잘 키웠고 모범적인 가정을 이루었기 때문입니다. 또한 1960년~1990년대까지 한 세대를 춘천에 거주하면서 한국의 경제발전을 이야기할 때 항상 등장하는 분야에 자식 일곱을 모두 내보냈기 때문입니다.

첫째는 한국 경제발전의 상징물 포항제철 출신입니다. 둘째는 박정희 대통령이 찾아가 고국의 경제발전을 기원하며 함께 눈물을 흘렸던 파독 간호사였습니다. 셋째는 중화학 공업의 중심에 있었던 호남석유화학 단지에서 청춘을 보냈습니다. 넷째는 경제개발을 주도한 경제기획원에서 30년간 근무했습니다. 다섯째는 1980년대 한국의 경제성장을 주도하던 건설회사에 근무했습니다. 여섯째는 한국경제 발전의 한 축을 담당한 인적자원개발, 즉 고등학교 선생님입니다. 일곱째인 막내딸 역시 미국 뉴욕으로 이민 가서 성공한 기업인으로 한국을 세계에 빛내고 있다고 생각합니다.

경제적으로 매우 어렵고 평범한 가정이었지만 자녀 일곱을 잘 키워낸 원동력이 바로 무엇인지 저희는 이제 알게 되었습니다. 바로 그것은 편지였다고 생각합니다. 진실과 철학을 그리고 염원을 담은 부모님들의 글이 자식들의 마음을 움직이고 이끌어 주었고, 부모님들 사이의 믿음과 사랑이 저희 일곱을 사회의 동량으로 키워 주었다는 사실을 저희는 실감하고 있습니다.

막상 편지글들을 모아 놓고 보니 우리 가족의 속살을 전부 드러내는 것이 부끄러워 많이 망설였으나 용기를 내었습니다. 이 책은 저희 부모님 두 분 간에 오고 간 편지만을 책으로 엮으려다가 욕심이 생겨 두 분과 일곱 자식들 간 편지, 그리고 7남매의 젊은 시절에 서로 오간 편지, 그리고 손자 손녀가 할아버지 할머니와 주고받은 편지까지 3대에 걸친 편지글로 범위가 확대되었습니다. 모아 놓고 보니 자연스럽게 그 당시의 생활상을 엿볼 수 있어 또 다른 재미를 주고 있습니다.

이 글을 쓰는 저는 지금 춘천에 머물고 있습니다. 저는 이 책에 나오는 주 무대인 춘천에 40년 만에 돌아와 어르신들로부터 작고하신 아버지와의 추억을 이야기하는 분들을 의외로 많이 만났습니다. 아버지에 대한 좋은 말씀을 들을 때마다 저도 제 자식을 위해 노력해서 좋은 삶을 살아야 하겠다는 생각을 하게 됩니다.

오늘 아침에도 50여 년 전의 모습을 거의 그대로 간직하고 있는 춘천에서, 그 옛날 살았던 집터 부근을 지나 사무실로 걸어오면서, 저희 아버지 어머니는 참 행복하셨을 것이라는 생각을 했습니다. 이렇게 영혼을 울리는 글을 주고받으며 서로에 대한 사랑과 믿음 속에서 우리를 키워준 두 분의 자식이기에 정말로 우리 자식들은 복도 많다는 생각을 하였습니다.

춘천시 중앙로에서 넷째 이수원

"우리 식구는 아홉 명입니다."

"우리 가족은 아홉이에요."

어렸을 때 누군가에게 가족에 대해 얘기해야 할 때 어떻게 말하면 상대가 덜 놀랄까 하고 고민했던 기억이 있습니다. 어린 나이에도 가족의 숫자로 아홉은 좀 많다고 생각했던 것 같습니다. 그래서 저는 어른이 되면 아이를 절대로 많이 낳지 않겠다고 다짐했지요.

그래서 지금 저는 언니 오빠들과는 달리 아이가 하나입니다. 그 아이가 다음 달에는 장가를 간다고 하니 빠른 세월에 정신이 하나도 없습니다.

그렇게 흘러버린 세월을 슬그머니 들여다보니 그 안에 우리 가족의 빛바랜 추억들이 고스란히 빛바랜 흑백사진으로 남아 있었습니다.

저는 정말로 씩씩하게 자랐습니다. 배고픔이 뭔지 가난이 뭔지도 몰랐고, 자식들 먹이고 입히고 공부시켜야 하는 부모님의 고민이 아무것도 아닌 줄 알았습니다. 철없는 제가 무탈하게 자랄 수 있도록 넉넉한 사랑을 주신 부모님, 가슴으로 사랑을 느낄 줄 알도록 넘치는 사랑을 주신 언니 오빠들께 50이 넘은 이제야 진심 어린 감사의 마음을 전합니다.

뉴욕에서 일곱째 이선희

아버지가 세상을 떠나신 후 몇 년이 지나 어머니께서, 이걸 어떡하나 하시면서 뭔가 주섬주섬 꺼내주셨습니다. 당신도 이제 살날이 얼마 남지 않았으니 주변을 정리해야겠다고 하면서 이것저것 치우실 때, 차마 버리지 못하고 남겨 둔 것이라고 하셨습니다. 52년 전 엄마에게 배달된 빛바랜 아버지의 편지였습니다.

우리 식구는 7남매입니다. 다른 집도 우리처럼 형제가 많은 줄 알았지만 아니었습니다. 아버지는 어머니나 우리에게 다정다감한 모습을 보여주지 않았습니다. 하지만 밖에서는 따르시는 분들이 많았습니다. 다른 집 아버지들도 다 그런 줄 알았습니다. 다른 집들도 다 우리처럼 살 거라고 믿는 그런 터무니없는 자신감은 도대체 어디서 나온 걸까요? 이런 의문들이 오래된 아버지의 편지를 보면서 하나하나 풀리기 시작했습니다.

살면서 가장 위로가 되고 인생의 시작과 끝을 함께하는 이름은 바로 가족입니다. 가장 가까운 사람이기에 서로를 감싸주지 못했던 사람들. 너무나 오랫동안 묻어 두었던 아버지의 어머니에 대한 사랑 이야기. 이 사랑을 지금 들여다보기만 해도 가족이기에 어쩔 수 없이 생기는 크고 작은 상처들은 치유되고 있었습니다. 부모의 사랑이라는 울타리 안에서 평온한 삶을 살았던 우리 형제들은 좋은 부모가 있었기에 서로 간에 치명적인 상처는 받지 않았고, 설사 받았다 하더라도 충분히 극복했을 것입니다.

서울에서 여섯째 이광희

저는 일곱 남매 중 둘째로 세 딸 중 맏딸입니다. 오빠와 나 밑으로 세 남동생과 두 여동생이 있습니다. 편지글들을 보며 위로 태어나 마치 엄마라도 된 듯 특권을 누리며 잔소리도 많이 했네요.

전에 한때는 부모님의 이야기를 소설로 쓰고 싶었던 적이 있었어요. 아버지께서 당신들의 젊은 날 연애 이야기를 무척 멋지게 하셨거든요.

이제 이렇게나마 편지들을 모아 한 권의 기록으로 묶어 세상에 내놓을 수 있으니 감회가 새롭습니다.

부끄러웠던 어린 시절의 기록들이라 해도 저희에게는 소중한 삶의 자양분이었기에 더 없이 기쁘고 감사하게 생각합니다.

서울에서 맏딸 이성희

차 · 례

2 부모님께 드린 편지

3 할아버지 할머니께

1부
아버지의 편지

1장 1962년 5월 13일~11월 15일

아버지의 나이 42세, 홍천 화촌중에서 교장 생활을 마치고 철원중학교 교장으로 발령이 나셨다. 우리 가족은 막내인 일곱째가 막 태어난 후 어머니가 몸이 허약해져 힘든 시절을 보내고 있었다. 전 가족이 철원까지 이주하기에는 여건이 허락되지 않았을뿐더러 고향을 북에 두고 온 어머니는 특히나 전쟁의 상흔이 남아 있는 곳으로 가까이 가는 것을 싫어하셨다. 춘천에 터를 잡고 아버지 혼자 철원에 부임하신 후 남겨두고 온 가족에 대한 그리움과 미안함, 그리고 어머니에 대한 사랑이 편지 곳곳에 묻어나고 있다.

북녘 하늘은
고요히 깊어 가는데

수곤 모(秀崑 母)께

석별(惜別)한 지 일주일이 되는군요. 별고들 없겠지요? 객지에다
아희(兒嬉)들만 온통 맡기고 떠나와 보니 미안하기만 합니다. 선희
(善姬) 재롱떠는 모습이 눈에 아롱대는군요.

7일 12시경 무사히 철원에 도착하였다오. 여관에서 일박(一泊)하
고 익일(翌日, 8일)부터 사택(舍宅)에서 유(留)하고 있지요. 식사는
이웃 식당에서 운반해 먹고 있다오. 일일삼식(一日三食)에 500환
이라나요. 사택에 방이 세 개나 되어서 살림하는 선생을 한 분 들게
하고 식사를 부탁하려고 합니다.

수곤이 수학여행은 언제 가는지요. 서울 숙부(叔父)께 미리 편지
내도록 하세요. 성희(聖姬)도 그리고 수달(秀達)이 머리 흔드는 것

좀 나아졌는지요?

5월 17일, 18일, 19일 원주(原州)서 축구대회가 있어서 오는 길에 들릴까 하니 그리 아시오.

자세한 얘기는 그때 하기로 합시다.

1962년 5월 13일
어(於) 철원 성득

집 떠난 지도 어언 1주일이 또 지났군요. 일요일이라 한가한 시간이 되고 보니 아희들 생각이 납니다. 선희의 재롱떠는 모습이 눈에 아롱거릴 때마다 깊은 사색에 잠기게 되는군요. 대체 우리는 누구를 위해 사는 것이냐고요?

짧은 인생을 이렇게 희생만 당하고 살아야 옳으냐고요? 새삼스럽게 따질 것도 아닌 부질없는 생각이지만 자기도 모르게 자꾸 생각하게 돼요. 아마 본능인가보지요?

아희들 중심으로 살아야 할 우리 가정 형편에 무슨 새삼 마음의 동요가 있을 수야 있겠소. 굳은 의지와 인내로써 극복해 나아가도록 합시다. 5월분 봉급이 나왔지요. 공제한 나머지는 고스란히 편(便) 있는 대로 송금토록 하겠으니 그리 아시기 바랍니다.

오후에는 이풍호(李豊浩) 씨 댁에 방문할까 하지요.

의원(義源)이 백부(慶得氏)가 찾아왔다가 여비를 달라기 2,000환

드려 보냈답니다. 아무리 절약하려고 해도 이래저래 자꾸 쓰게만 되는군요.

수길이가 어찌 되었는지요?

외출시키지 않도록 하시고 시간 헛되이 보내지 않도록, 수곤이도 좀 더 열심히 해서 적어도 3등 이내에 들도록은 되어야 할 것이 아니겠어요.

성희는 3등 이내는 문제없을 듯하지만요. 수달(秀達)이는 5학년에서는 10등 이내를, 6학년에 가서는 5등 이내를 목표해야 합니다. 수원(秀元)이는 지금 정도로 해 나가면 되고요. 우리가 고생하는 보람이 있어야 하지 않나요. 당신의 힘이 절대적 역할을 하는 것으로 믿고 있어요.

내내 아희들과 함께 평안하시기 기원하면서 이만 줄입니다.

5월 28일
철원에서 성득

한가한 일요일이 또 돌아왔군요. 엊저녁에는 토요일이고 해서 오래간만에 허선생(許先生)과 같이 청주 한잔 하였지요. 허 선생이 한잔 사기에 나도 한잔 그 잘 내는 기분(氣分) 또 냈다오. 150원이라나요. 조반(朝飯) 맛이 없어서 상을 내보내고 "란닝구" 잠옷 등 갈아입고 빨래나 할까 하다가 왜 그런지 덥석 손이 안가 안절부절

하다가 결국은 당신에게 편지를 쓰게 되고 말았군요.

어때요? 몸이나 깨끗한지요. 수술한 후는 가끔 이렇게 걱정이 되는군요. 좋지 않은 증세가 있으면 병원에 가보세요.

아희들은 다 잘 있겠지요. 어저께 수원이 수달이 편지 받았소. 롤러스케이트를 그렇게도 사고 싶어 하니 하나 사주시오. 6월분 봉급 타면 한번 귀가(歸嫁)할까 합니다. 그때까지 기다릴 수 없다면 저금이라도 찾아서 사주도록 하시오. 수달이가 아주 기운이 없이 편지 쓴 것 같은데, 그렇게 기운을 잃을 정도라면 사주도록 하시오. 수달이는 중학 진학 관계도 있고 하니 공부를 좀 더 해야 할 입장이 아닐까요?

돈도 그렇지만? 하여튼 기분 잃지 않게 잘 알아서 하시기 바랍니다.

화폐개혁 때문에 굉장들 하였겠지요? 그래 겨우 600원? 그거 가지고 어찌 살려오? 야단났소. 수길이까지 9식구면 사천오백 원은 바꾸어야 할 것을? 나는 그 잘난 저금이나마 못 찾게 되지나 않나 하고 염려했더니 그래도 다행입니다. 나도 내 몫은 바꾸었지요. 새 돈 가지고 어제 청주(清酒)로 개시한 셈이군요.

부디 안녕.

6월 16일

이성득

부모님의 혼례식(1946년 3월 26일).

수달아! 네 편지 받아 보았다. 요즘 보는 시험은 60점 이상을 맞아 남기 공부를 안 한다니 참 기쁘구나. 그거 봐라. 하면 되지 않니? 수달이가 머리가 나쁘거나 소질이 없는 어린이는 아니란 말이야. 노는 데만 팔리고 주의를 하지 않아서 그렇지. 이제 5학년도 반은 지났으니 정신 차려 공부해서 중학교에 우수하게 입학해야 한다. 롤러스케이트를 사고 싶은 모양이지? 엄마가 돈 없는 줄 알고 수원이만 사주라고 아주 신사답게 양보는 하고 있지만. 어때 발도 자꾸 크고 하는데 중학교 들어가 사는 것이 좋지 않을까? 엄마 말씀 잘 들어서 하도록 해.

공부 잘하고 운동도 잘하는 수달이가 되어주기만 아버지는 빌고 있겠다.

6월 17일 일요일

아버지께서

수원아! 네가 써 보낸 편지 받아 보았다. 마치 너를 눈앞에 본 것 같이 반갑구나. 참 글씨도 잘 쓰고 말도 잘되고, 아버지는 정말 수원이가 그렇게까지 잘 쓰는 줄은 몰랐었는데 어느 사이에 그토록 늘었니! 참 장하고나.

수원이는 머리도 좋고 몸도 튼튼하고 마음도 씩씩해서 그대로 커 나가면 아주 훌륭한 사람이 될 거야. 그래야 엄마도 아버지도 오빠 언니 동생들도 모두들 기뻐하지.

롤러스케이트는 네 말 대로 사도록 해라 시험에도 100점 맞고 공부 잘하니 상으로 사 주도록 엄마께 편지했다.

엄마 말씀 잘 듣고 동생들 귀여워해 주어라.

아버지가 이제 한번 가겠다. 만날 때까지 안녕

6월 17일 일요일

아버지께서

수곤 모께

어언 주말이 또 돌아왔군요. 군(郡)에서 기관장 회의가 있어 참석하였다가 돌아와 학교에 들리지 않고 집에서 목욕하고 문득 당신 생각이 나서 펜을 들었습니다. 춘천행 버스를 보니 바로 잡아타고 그리운 곳으로 달려가고 싶은 마음이 불현듯 일어나는군요. 별고들이나 없는지요.

일전 귀가하였다가 돌아오는 길은 아침 차를 놓치고 11시 30분발(發) 기차를 타고 서울로 돌아 무사히 도착 귀교(歸敎)하였지요. 수원이 롤러스케이트는 사왔는지요?

수곤이는 너무 공부만 하지 말고 운동도 적당히 권장하도록 해요. 하기방학(夏期放學)은 언제쯤 하는지요? 이곳은 25일경 할까 하는데 아직 확정(確定)은 아니구요.

성희는 특기를 하나 전공하여야겠는데 적당치 않아 야단이에요.

서울이나 춘천에서 강습이 있을 모양이니 그때나 한번 집에 들를 수 있겠지요. 6월분 봉급을 수령하였다오. 7월분 식비 지불하고 선생들에게 술집에 가서 술 한잔내고 나머지 사천 원 보냅니다. 마치 행편(幸便)이 있어서 부탁했으니 수령하여 생활을 조절하시기 바랍니다.

일전에 삼천오백 원, 금반(今般) 사천 원이니 합(合) 칠천오백 원밖에는 금월(今月)에는 못 보낸 셈이 되는군요.

절약해서 내년 3, 4월경(境)에는 꼭 집을 하나 붙들어야 되겠는데 계획대로 되려는지요?

억지로는 못하는 것이니 무리는 없도록 조절하세요.

술값이 팔백 원이고 서무(庶務) 결근(結勤) 관계도 있고 공제(控除)가 아주 많았지요. 하절(夏節)이니 특히 몸조심하고 아희들과 같이 다음 만날 때까지 안녕.

6월 30일 오후

사택에서

수곤 모께

별고들 없으신지? 추석에 수곤이는 화천(華川) 다녀왔겠지요. 화천 소식이나 좀 알려주시오그려. 권교장(權敎長) 선생은 집에 들러 내려가는지요. 매사가 궁금할 뿐이니 종종 소식이나 전하여 주시오.

나는 그날 당신과 이별하고 바로 차부(車部)로 내려와 김병오(金柄五) 장학관께 전화로 연락하고 8시 50분 발(發) 버스로 출발, 무사히 귀임(歸任)하였다오. 학교도 모두 별일 없으니 안심(安心)하시오. 축구 불참(不參) 관계로 좀 면목은 없었으나 곧 귀환보고대회를 열고 실망치 않도록 잘 이해시켰답니다.

추석날 아침에는 아희들 생각이 나더군요. 떡이나 좀 해 주었겠지요? 쇠고기나 좀 사다 주라고 얘기 안 하고 온 것이 후회가 되더군요. 당신은 몸살이 오는 것 같다더니 어떤지요? 같이 있을 때는 별로 느끼지 못하면서 이렇게 헤어지면 그저 당신의 모든 것이 소중하고 고마웁고 그립기만 해요.

지금 심정(心情) 같아서는 그저 당신만을 위해 일체를 희생할 수 있겠는데, 같이 있을 때는 왜 나만 편안하려고 하고 당신의 마음을 한껏 즐겁게 못 해 주었을까 하고 후회만 되지 않아요. 정말 내가 못난 남자인가 봐요. 미안합니다.

추석 전날은 당신께도 못 가고 공연히 울정(鬱情)해져서 직원 몇 분과 같이 한잔 두 잔 나눈 것이 과음이 되어 아침 식사도 못 하고 오전 중엔 누워 있었다오. 오후는 교감과 같이 군인 스리쿼터를 얻어 타고 전방(前方) 구경 갔다 왔다오. 옛 철원중학교 터도 돌아보고요. 옛 철원시 건물의 흔적들이 많이 남아 있어요.

전쟁의 비참함을 새삼 느꼈습니다. 철원벌로부터 평강(平康)벌이 계속되어 있는데 그 거리가 불과 40리밖에 안 된답니다. 같은 민족이 같은 땅에서 서로 마주 보며 오가지는 못하는 이 겨레의 비운(悲運)이 언제나 해결될 것인고 정말 탄식 안 할 수가 없더군요.

오후 4시에 돌아와 극장으로 다방으로 다니며 놀다 집에 돌아와 홀로 방에서 당신을 생각하면서 펜을 달리고 있는 거랍니다.

북녘 하늘은 고요히 깊어만 가는데 극장으로부터 흘러나오는 레코드의 음(音)은 이 나그네의 향수를 짙게만 하는군요. 10월 초순께나 다니러 가겠습니다.

아희들과 같이 항상 마음 즐겁게 지낼 수 있도록 합장, 기원하면서 지내겠습니다.

이부자리는 이 집 처녀가 빨아 꿰매 두었군요. 좀 얇기는 하나 깨끗하니 그대로 월동(越冬)하도록 합시다.

하느님 부디 제 가족에게 항상 마음 즐겁게 지낼 수 있도록 은총을 내려 주시옵소서.

음(陰) 8월 15일 밤

철원에서 성득

장희화(張姬華) 귀하

고요히 짙어가는 밤에 귀뚜라미 울음소리만 요란스럽습니다.

지다 남은 달빛이 어스레 비치는 창문 가에 홀로 누워 그리운 가족 생각으로부터 이것저것 사색하다가 일어나 펜을 들었소이다.

별고들이나 없으신지요? 이틀 밤이나 자고 왔건만 이별하고 보면 고연히 안타깝고 불안하고 고독해지기만 해요. 가족은 모여 살게 마련인가 봐요. 그래도 아희들 커가는 생각을 하면 마음 든든하기만 하지만 이 되찾을 길 없는 인생의 희생의 값을 어디서 찾아볼 수 있을 것일까? 자식들에 대한 애정에서 별로 고된 줄도 모르고 겪어낼 수 있는 희생이긴 하지만-. 이렇게 곰곰히 생각해 나가면 나갈수록 당신이 측은해지고 미안하기만 해요. 부디 당신의 심신을 먼저 건전하게 유지하는 것이 아희들을 위하는 것임을 잘 아시고 시장에 나가는 길에서라도 맛있는 것 사서 영양섭취 하세요. 아희들 생각만 너무 말고 옷보다도 영양섭취가 먼저일 거야요. 대원(大源)이는 들러 갔는지요?

나는 그날 8시 차로 상경, 서울서 볼일 보고 하오 5시 30분 무사히 귀임하였소. 월말까지 제출하여야 할 논문 구상이 시원치 않아 이 책 저 책 뒤적이는 것이 요즈음의 일과라오.

9월분 봉급은 벌써 와 있지요. 적당한 인원이라도 있으면 속히 송금토록 하지요. 정기예금 안내서나 보내 보시지요. 화폐 가치가 어찌 되려는지요? 정말 궁금합니다. 신문에 보니 쌀조차 제대로 나오지 않는다니 물가가 앙등(昂騰)될 징조가 아닐까요? 명년(明年) 봄쯤이면 오막살이라도 한 채 내 집을 마련하여야겠는데, 세월이 가만있어야지. 억제로는 안 되는 법이라오. 그러나 최선은 다해 보아야지요.

수곤이 성희보고 수학과 영어 공부는 각별히 잘하라고 항상 자극을 주도록 하세요. 그리고 수곤이는 좀 더 남자답게 용감하고 패기있는 학생이 되도록 자체 수양(修養)을 하라고 주의를 주시오. 사교적 성격을 기르는 데는 적절한 운동, 특히 단체운동의 멤버에 들어 활약하도록 하는 것이 좋은 방법이랍니다.

당신도 틈 있는 대로 신문도 읽고 독서도 하여 지성(知性)에서 뒤지지 않는 어머니가 되도록 노력해 보는 것이 어떠실까요? 편지 같은 것도 성희 대필시키지 말고 당신이 직접 쓰는 버릇을 길러보세요. 여성에게는 무엇보다도 지성미가 제일 필요한 것 같아요. 교양미가 없으면 역시 촌스러우니 미개해 보이지요. 고등여학교를 나오고 사범(師範)까지 치른 분이 제 손으로 편지 한 장 제대로 못쓴다면 그것은 수치라고 생각합니다. 쓸 줄 알면서 남을 대필시켰다면 그것은 성의 부족으로서 받는 사람으로 하여금 기분 나쁜 일이 됩니다.

환절기에 특히 몸조심하시기 거듭 바라고 빌면서 이만.

9월 22일 밤
철원에서 성득

수곤 모께

보내준 편지 받았소.

손수 쓴 낯익은 글씨체, 하나하나 읽어 더듬으니 마치 직접 만나보는 거나 다름없이 반가워요. 당신도 건강하고 아희들도 공부들 잘한다니 얼마나 고마운 일이요. 나도 별고없이 지내고 있으니 안심하시기 바랍니다.

지난 토요일 날은 이웃 국민학교 운동회였기에 참여하여 하루를 지냈답니다. 공굴리기 내빈경기(來賓競技)에 나가서 우리 교(校)가

이겼다오. 수건 한 개 탔습니다. 어린이들 뛰는 것을 보니 우리 수원이 수달이 생각이 나더군요.

오후부터 술을 마시기 시작한 것이 과음이 되어서 일요일은 종일 누웠다가 저녁때나 일어났답니다. 이제는 다시는 과음 안 하려고 또 한 번 맹서했습니다. 당신이 있으면 칼국이라도 끓여내라고 졸랐겠는데 그저 누워 신음만 하는 도리밖에 없었지 뭐요.

대원이는 하루 자고 갔는지요? 아기 소식이나 있는 모양입디까? 내가 보기에는 인물은 수수한 것으로 보았는데 당신에겐 그리도 못마땅합디까? 하기야 웬만한 처지(處地)가 왜 재취로 들어오겠소만은 아무려나 마음씨가 고우면 됐지 뭐요? 인물 보고 사는 것이 아니니까.

일금 칠천일백 원을 서무편(庶務便)에 보내니 받으시오.

10월분 식비와 기타 잡비를 제하고 나머지입니다. 아무리 절약(節約)을 하려고 해도 그리 안되는군요.

정기예금 내용이나 확인해주시오. 삼만 원짜리 일년제(一年制)라지요.

1개월에 얼마씩이나 저축해야 하는지요? 그러고 몇 달분만 불입하면 삼십만 원 전액을 미리 차용할 수 있는지요? 중단하는 경우 불입한 실액(實額)은 환불해 주는지요? 미리 차용 안 하고 완전히 불입하였을 경우, 이자는 얼마나 되는지 명년 봄쯤 가서 삼만 원을 전액 찾아 쓸 수 있으면 형편이 좋을 듯하지 않아요?

환절기에 아희들과 더불어 평안하기를 빌고 있겠습니다.

10월 1일 밤

철원에서 성득 씀

수곤 모께

오랫동안 소식 전(傳)치 못해 미안합니다. 별고들이나 없는지요?

일전 문선생(文先生) 편(便)에 들으니 수곤이가 위장이 좋지 못해 고생한다던데 어떤지? 병원에 속히 데리고 가서 치료토록 하시기 바랍니다.

일전 이곳 다니러 왔을 때는 기간(其間)이나마 염려거리만 끼친 것 같아 떠나간 후도 항상 서운한 감을 금할 수 없군요. 그 후로 곧 한 번 다녀온다면서도 신축공사 상량식이니 운동회 준비니 학사(學事) 시찰이니 등 바쁜 일들이 꼬리를 물고 닥치는 바람에 차일피일 하다가 아직 가지도 못하고 소식도 전하지 못하고 오늘까지 왔다오. 당신과 이별한 지도 벌써 20여 일이 지나지 않았소.

당신이 다녀간 후로는 저녁에 이불을 펴면 당신의 향기가 이불로부터 풍겨 훨씬 외로움을 위안해 준답니다. 그리운 마음 같아서는 곧 달려가고 싶은 마음 간절할 뿐이나 인내하고 기회를 기다릴 뿐이랍니다.

11월 6일이 본교 운동회랍니다. 아희들 식사만 적당히 할 수 있다면 바람도 쐴 겸 다녀가도 좋겠지만요?

식사는 김병화(金柄華) 선생 댁에서 하고 있답니다. 먼저 식사를 해주던 처녀는 당신이 떠난 며칠 후인 10월 15일날 떠나가고 말았지요. 이래저래 손만 보게 되는군요.

10월 봉급은 보관하고 있답니다. 적당한 편(便)이 있는 대로 송금할까 합니다.

내내 안녕하시기만 빕니다.

10월 30일

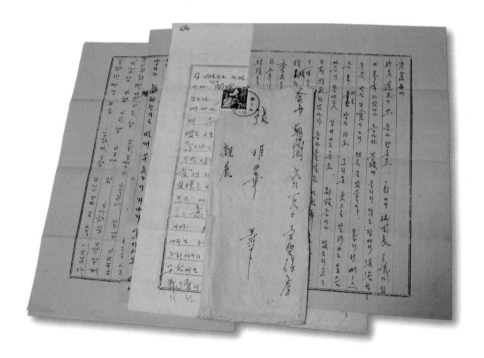

수원아! 며칠 전에 보내준 편지 받아 보았다. 집안 식구들이 그립던 차에 네 편지를 받으니 마치 너희를 직접 만나나 보는 듯이 반가웠단다. 큼직하고 뚜렷하고 힘 있게 쓴 낯익은 수원이의 필적을 보고 아버지는 정말 기뻐 어쩔 줄을 몰랐어. 공부도 매일 열심히 하고 있다니 얼마나 고마운 일이냐

아버지가 왜 놀러 안 오느냐고? 요즘 학교 짓느라고 아버지는 바쁘단다 그래서 간다면서도 아직 못 가고 있어 오는 11월 6일이 이 학교 운동회란다. 그래서 더욱 바빠. 그 안으로 너희가 보고 싶어 한번 다녀올까 한다.

수원아 부디 몸조심하고 엄마, 오빠 언니 말 잘 듣고 동생들 귀여워 해주면서 공부 열심히 해다오.

수원이가 착하게 자라 장차 훌륭한 사람이 되는 것을 아버지나 엄마는 제일 기쁘게 생각하면서 그렇게 되기를 매일 같이 빌고 있단다.

오늘은 이만 그친다. 다음 만날 때까지 안녕.

1962년 10월 30일
철원읍에서
아버지

수곤 모께

　당신과 이별한 지 불과 5일밖에 지나지 않았는데 마치 일개월은
된 거나 같이 생각되는군요. 그간 별고들이나 없는지 궁금합니다.
입동(立冬)도 지났으니 겨울 김장을 담가야 하지 않겠어요? 살림에
노련한 당신이 어련히 알아서 잘하시겠소만 혼자서 수고할 생각을
하니 안됐어서 하는 말이요.

　나는 당신이 전별(餞別)해 준 덕분으로 그날 무사히 귀임(歸任)하
였지요. 5일날은 예정대로 학생 7명을 데리고 강릉 율곡제(栗谷祭)
에 참석하기 위하여 떠났다가 8일 무사히 돌아왔답니다. 운집한 사
람들! 그리고 푸른 동해의 절경! 일일이 형용(形容)할 수 없을 정도
로 아름다웠으나 당신과 떨어져 있는 조건에서는 왜 그런지 신통
치 못한 생리적 발작을 억제할 수 없었어요. 선물로 감을 70개 정도
사 가지고 돌아왔으나 줄 대상이 교직원이니 좋기는 했어도 선희
(善姬)나 광희(光姬) 수성(秀成)이 수원(秀元)이가 붉은 감을 먹으
며 좋아할 모습을 못 보니 마음이 서운하기만 하였답니다. 사촌 형
님 내외분도 뵈었지요. 모두 무고들 하시고 백부님도 오셔서 뵈었
어요. 화천(華川)서도 기외(其外)에도 여러분 왔더군요.

　요즈음 몸도 회복되고 김병화 선생대 음식이 식성에 맞아 식사도
많이 하니 안심하세요. 전(前)달분 식비는 천 원밖에 없으니 위선
(爲先) 쌀 사는 데 보태라고 주었지요. 몇 끼 잡숫지도 않으셨는데
무슨 식비냐고, 죄송하기만 하다고 부인께서 말씀하시더군요.

6일로 계획했던 운동회는 11일로 부득이 연기했지요. 일기(日氣)가 좋을는지 걱정입니다.

25일이 빨리 돌아와 당신이 봉급 가지러 올 날이 기다려만 집니다. 북녘 하늘 아래에 돌봐 주는 사람 없이 되는 대로 내버려진 넓은 사택의 쓸쓸한 방에서 잠시나마 마음껏 화촉(華燭)을 드높여 쌓이고 쌓인 그리움을 속삭이면서 밤을 지새울 그날 밤-. 상상만 하여도 황홀할 지경이며 기다려만 집니다.

날씨 날로 추워져 가는데 부디 조심하시고 영양분 섭취하시어 건강한 몸으로 만나도록 합시다.

11월 8일 밤

성득

수곤 모께

뜻밖에도 푸근한 날씨가 계속되고 있습니다.

기간(其間) 별고나 없는지요? 일전에 보내준 편지 반갑게 받아 보았지요. 홍선생(洪先生)께서 들려 왔다고요. 며칠 전 보낸 편지도 받아 보았는지요?

11일 운동회는 아주 성대하였답니다. 날씨도 좋았구요. 다만 당신이 없어서 허전할 뿐이었지요.

김장을 아직 못 하였다구요? 아직은 날씨가 푸근하니 다행하기는 하나 혼자 손에 수고할 생각을 하니 미안할 뿐입니다. 가서 위로는 못해 드리나, 한번 오시지요. 맛있는 것 대접하겠으니, 24일이 토요일이니 적당하지 않을까요? 25일은 집에서 놀고 26일 봉급 타가지고 27일경 귀가토록 하는 것이 좋을 듯 생각되는데 어떨는지요?

수원이 수달이 스케이트복(服)을 꼭 사야 할 사정이라면 사주도록 하시오. 너무 기가 죽어도 안 되니까요. 수곤이는 좀 더 활발하고 사교성이 필요(必要)해요. 그런 입장을 항상 격려해 주도록 하시오

이만 그칩니다.

1962. 11. 15.

수달이 수원이 받아 보아라.

며칠 전 너희들이 보내준 소식의 편지 반갑게 받아 보았다. 몸 성히 공부들 잘하고 있다니 안심이 되는구나. 수달이는 전보다 성적이 좋아졌다니 다행한 일이긴 하나 편지의 내용이나 글씨가 전번 것만 못한 것 같다. 글씨 공부좀 더 하도록 하여라. 머리 흔드는 버릇은 고쳐졌는지? 이제 몇 달만 지나면 6학년이 되지 않겠니? 좀 더 노력해서 좋은 성적과 늠름한 몸으로 초등학교를 마치고 중학교로 진학하도록 하여야 한다.

수원이는 아직까지는 성적도 빠지지 않고 운동도 잘하니 기쁜 일이다. 사람의 발전은 때가 있는 것이다. 어렸을 때 꾸준히 노력해서 바른 기틀을 마련하지 못하면 결국은 훌륭한 사람이 되지 못하고 마는 것이란다.

엄마 말씀 오빠, 언니 말 잘 듣고 동생들 귀여워해 주면서 공부 잘하여라.

스케이트복은 엄마께 사 달라고 하여라.

이만 그치겠다.

1962.11.15.

2장 1963년 1월 18일~1964년 12월 2일

춘천에서 서울을 거쳐 철원까지 8시간. 자주 왕래할 수 없는 거리이기에 추운 겨울, 교장 사택에 혹독한 추위가 닥쳐오면 어머니의 편지를 받아보고 그리움에 밤을 지샌 아버지의 모습에 가슴이 저려온다. 1963년에 아버지 생애 처음으로 춘천시 조양동에 내집마련을 하면서 툇마루, 층층대, 창고, 니스칠, 채송화, 장미, 칸나, 붓꽃, 포도나무등이 만발한 꽃밭 등 집안 곳곳에 애정을 쏟던 모습이 정겹다. 이 무렵 창호지 문을 봄마다 다시 바르면서 예쁜 단풍잎을 겨우내 말려두었다가 창호지 사이로 슬며시 집어넣어 문양을 만드시던 어머니는 설렘 속에서 최초의 내 집으로 아버지가 돌아오기를 바랐고, 우리 형제들은 춘천을 벗어나 다른 세계로 나가는 꿈을 꾸었으며, 인생에서 가장 소중한 우리 가족만의 추억들을 만들 수 있었다.

오, 그리운 내 사랑
나의 희망이여

이 혹한(酷寒)에 어떻게들 지내고 있는지? 궁금하기만 합니다. 수곤이는 잘 다녀 돌아갔는지요?

청량리에서 수곤이와 같이 동대문행 전차를 타고 신설동서 내려 바로 4시 20분발 철원행 버스를 타고 오후 8시에 철원에 와 보니 대원(大源)이하고 장호진(張好珍) 씨하고 이곳에 와 있지 않아요. 혹 숙모가 친정에 가고 없었지나 않았는지? 그 추위에 어린 것을 낯선 서울에다 떼어놓고 온 후로는 매일같이 염려가 되어 잠이 아니 옵니다. 이 편지 받고 곧 회신 있기 바랍니다. 대원이는 김화, 화천, 양구로 다녀 귀경하겠다던데 혹 춘천에 들르지나 않았었는지요?

이곳은 춘천보다도 더 추운 것 같아요. 오던 날과 그 훗날은 숙직실이 따스해서 거기서 자고 지금은 사택(舍宅)에서 홀로 잔다오.

미국 응실(應實)께서 크리스마스카드가 왔군요. 아직 도(道)에 있는 줄 알고 그리로 보낸 것이 이곳까지 돌아왔어요. 내가 춘천 주소에 당신 명의로 회답하겠으니 그리 아시오.

그 후 김상섭(金相燮) 교장께서 집에 안 들렀었는지요? 박(朴) 교감 댁에 가서 실례했던가 보다라고 잘 전해 주시오. 그놈의 술 때문에 당신께까지 자꾸 괴로움을 끼친다는 생각을 하니 더욱 미안하기만 하군요. 성희 냉면을 못 사주고 와서 마음이 아픕니다. 시장에 나가는 길에 평양냉면 집에 가서 당신도 자시고 한 그릇 사주시오 그려.

엊저녁에는 최윤현(崔胤鉉) 교육과장께서 와서 또 과음하였지요. 아침 조반도 못하고 1월분 봉급은 아무래도 늦을 것 같으니 4천 원 조 받아서 우선 급한 데부터 써주시오. 나오는 대로 보내겠으니. 수달이는 공부를 좀 더 중점적으로 노력하는 한편, 모처럼 기른 특기인 스케이팅을 숙달시키도록 하세요. 그리고 수곤이는 물리, 화학, 수학 위주로 공부하도록 항상 자극을 주며 격려하여 주시기 바랍니다. 저희가 하려고 해야 되는 문제들이지만 그래도 같이 데리고 있으면서 적절한 지도를 하면 좀 낳을까 해서 우리가 지금 희생하고 있는 것 아닙니까? 추위에 부디 몸조심들 하여 주기만 빌고 있습니다.

1963년 1월 18일
철원중학교
이성득

수곤 모께

별고들 없는지요?

일전에 보낸 편지 받았소. 수곤이가 무사히 다녀갔다니 반갑습니다. 구정(舊正)에 떡이나 해주었는지요? 선물 받은 사과, 곶감이 있답니다. 집에 가는 편에 가지고 갈려고 보관하고 있다오.

행편(幸便)이 있어 1월분 봉급 보냅니다. 7,200원입니다. 잡비 좀 쓰고 식비 내고 보니 그밖에 안 되는군요. 받는 대로 회답하시기 바랍니다.

김춘희(金春姬) 선생님은 본교 음악 선생입니다. 댁이 춘천이어서 다니러 가시는 길에 부탁했으니 그리 아시오 안녕.

1월 29일

철원에서

수곤 모께

별고들 없는지요? 떠날 때 아희들을 못 보고 와 섭섭한 것만 같군요. 종종 다니지도 못하는 걸. 그날로 서울로 해서 8시(밤) 무사히 임지(任地)에 왔답니다. 여비 관계로 망설이기만 하다가 서울은 못 들르고 왔지만 와서 곧 편지 썼지요.

이곳에서 농우(農牛)를 일두(一頭) 사서 삯으로 달라는 믿을 만한 사람이 있는데 어쩌면 좋을지요? 24,000원이면 좋은 놈으로 살 수

있다고 하니 현금 가치가 자꾸 변해 가는 때에 그대로 두어두는 것
보다는 나을 듯도 하구요. 지금 같아서는 여비 관계라 언제 다녀오
겠다고 예약할 수도 없는 입장이니 날씨나 따스해지거든 한번 다녀
가도록 하시오 서무주사(庶務主事) 편에 2월분 봉급 7,300원 보냅
니다. 3월 15일까지의 식비와 3월분 탄(炭)값 공제한 잔액입니다.

이만 줄입니다.

1963년 2월 29일

장희화 님

성의껏 다듬어 보내신 속옷 고맙게 받았소. 깊숙이 넣어 보낸 친
필도 읽고요. 마치 당신을 본 거에 가까운 반가움에서 몇 번이고 되
풀이 읽었다오. 헤어진 지 며칠 안 되는데 왜 이렇게 못 견디게 그
리워지는지요? 계절적으로 영향받는 생리적 현상일까요? 현모양처
로서의 당신의 역할에 감복하는 데서일까요?

이제 당신을 만나는 날은 밤을 새워가며 그리움을 속삭여도 다
할 것 같지 못해요. 오! 그리운 내 사랑이여! 나의 희망이여! 언제나
그대와 영원히 헤어지지 않고 알뜰살뜰 살아갈 수 있을는지? 생각
할수록 우리에게는 지난날 너무나 희생이 컸었던 것만 같아요. 희
생 속에 벌써 인생길에서 3분의 2 선을 넘었으니 말이오.

당신은 진작 계획 못 한 것을 후회하지만 나는 나의 못났음을 자

탄 않을 수 없군요. 그러나 가족에게 성실하고 사회에 충실해 보려고 양심껏 딴에는 애썼건만 가족에게는 주림과 헐벗음밖에 없으니 아희들에게 원망을 들어도 할 말이 없고 당신에게 불평을 들어도 할 말이 없더군요? '쳐다보곤 못산다.''이만하기도 다행이다.' 좋게 해석하고 자위하기에는 너무나 거리가 먼 것만 같아요. '이왕 희생되는 입장들이니 아희들에게나 희망을 걸고 살자!' 이것이 당신과 항상 하던 말이지요? 옳소. 현실적으로 그럴 수밖에 없는 거 아니요? 그러나 그것은 못난 내가 당하지 못하여 고생하는 당신에게 베푸는 요령 있는 변명에 지나지 않았는가를 기차를 타고 오면서 곰곰이 생각해 보았지요. 아마 그것이 옳은가 봐요? 전번 며칠 동안의 귀성(歸省)에서 얻은 솔직한 반성이야요. 여북해서 당신 같이 이해 있는 입에서 불평이 터졌겠고 여북 못나서 남들은 모두들 뜻맞는 곳에서 일하는데 그대가 싫어하는 최전방에서 해를 넘기면서도 벗어날 길 없이 홀로 헤매는고? 더 말하고 싶지 않군요. 낙오자의 변명인 것만 같아.

시집 잘못 와 고생하는 당신에게 부끄러운 마음을 생각나는 대로 적어가다 보니 밤도 깊어가오. 오늘은 이만 줄이겠소.

어려운 중에서도 희망을 찾고 마음 군세게 갖고 귀한 몸 조심하여 만나는 날까지 안녕.

1963년 3월 8일

희화 님 남편

아버지와 삼남매. 광희, 수성, 선희.

이 수원 앞

수원아! 편지 받아 보았다. 잘들 있다니 안심이 되는구나. 3학년에 올라가서는 금성반이 되었다구. 따뜻한 새봄을 맞아 새 학년에 올라가서 새로운 금성반에서 공부하게 된 수원이의 마음은 더한층 새롭겠군? 그 마음으로 열심히 공부해서 보다 새롭고 보람 있는 삶을 찾고 꾸며야지. 수원이는 머리도 좋고 열심히도 하고 또 몸도 튼튼하여 운동도 잘하니 장차 꼭 훌륭한 사람이 될 거야.

수성이가 처음이어서 서름서름해하지? 잘 데리고 다녀야 한다. 그리고 언니 오빠들 말 잘 듣고 엄마께 너무 보채지 마라.

엄마 혼자서 어찌 견뎌내겠니? 영리하니까 수원이도 꼼꼼히 생각해 보면 그쯤은 알 거야. 수성이, 광희보고도 네가 잘 타일러. 선희는 아직도 어리니 할 수 없지만. 날씨도 점점 따스하여 오니 공부하기 더욱 좋을 거야. 부디 열심히 하고 잘들 있거라.

1963년 3월 8일

아버지께서

희화 님

안녕하신지요? 선희의 재롱떠는 모습이 눈에 아롱거립니다. 수성이는 이제는 혼자서 통학할 수 있게 되었겠지요?

성희는 점심 싸 가지고 다니도록 해요. 매일밤 늦게 들어오는 것을. 그리고 타이프를 이왕 시작했으니 뛰어나게 배우도록, 저마다 다하는 세월이어서 탁월하지 못하면 써먹지 못하니까요.

서울서는 편지도 없고 사람도 안 오는군요. 아마 난처한 모양인가 보지요? 편지 연락이라도 해 보렵니다.

날씨는 점점 따스하여 오는데 어쩐지 자못 고적(孤寂)해만 집니다. 4월 하순에나 1차 다녀간다고 해요. 1개월을 꼬박 이렇게 참고 지내야 할 판이니 말이오.

집에 다녀 떠날 때는 매양(每樣) 굳게 결심하고 오건만, 인내키 힘든 것이 아마 본능적 생리인가 보지요? 그래도 몸과 마음을 깨끗이 갖고 참아 사실 그대로 당신만의 것으로 깊이 간직하겠습니다.

3월분 봉급을 본교 체육선생 편에 보내니 가사에 적절히 쓰시기 바랍니다. 예월(例月)보다 800원이 증가되어 8,000원이니 800원은 장 담그는 데 보태야 할 것으로 생각되는군요. 받는 대로 회답 있기 바랍니다.

부디 아희들 데리고 평안하기 빌며. 이만 줄입니다.

1963년 3월 29일

희화 님

고요히 나리는 가랑비에 산야는 한결 더 푸르러만 가는군요. 사택 후정에다 되는대로 뿌려둔 고추밭에는 주인을 잃은 듯 잡초만 우거지고요. 날씨의 영향인지 울적한 심정 풀 길 없어 펜을 들었습니다. 당신의 몸은 좀 회복되었는지요? 선희가 열이 대단한 것을 보고 떠났는데 요즘은 어떤지요? 노상 말한 바 있지만 적당한 방법으로 영양 섭취하여 건강 유지에 유의하여야 합니다.

많은 아희들의 어버이 된 우리가 우선 튼튼하여 굳세게 활약하는 길밖에 다른 도리가 또 어데 있겠소.

나는 여전하니 안심하세요. 다소 소화불량으로 식욕이 감퇴된 증세 있으나 여름철이면 주기적으로 오는 병이니까 염려될 것 없습니다. 미국에서는 편지 회답 왔는지요? 이석(利錫)이도 학교 잘 다니고 있다오. 식사집이 너무 멀다기 15일 경과 후 가까운 곳으로 옮겨줄 예정이지요.

수곤이 시계를 의뢰해 보았는데 생각과는 다르군요. 세이코(일제)가 2,300원이나 한대요. 스위스제는 3,000원~4,000원 주어야 수수한 것 살 수 있답니다. 그렇게 주어도 신품은 만나기 힘들다고 하니 천상 중고품으로 구입하는 길밖에는 없겠는데 적당한 것이 있어야지요. 월말경에나 귀가하겠는데 그때까지 적당한 것이 없으면 천상 춘천 가서 황씨댁(黃氏宅)에서 사는 수밖에는 없을 것 같아요

수원이는 롤러 대회에서 몇 등이나 하였는지요? 바쁜 틈이라도

타서 가끔 소식 전하여 주시기 바랍니다.

내내 안녕하시기 빌며.

1963년 5월 21일
철원에서

희화 님

몹시 더워졌습니다. 기간(其間) 안녕하신지요?

일전 보낸 편지 받았어요. 건강에 이상 없으시다니 무엇보다도 안심됩니다. 항상 각별히 주의하서서 몸과 마음 튼튼히 보지(保持)해 주신다면 더이상 없는 행복일 것입니다. 당신의 건강을 위해서라면 무엇이든지 달게 하고 인내해 나아가겠습니다.

나는 별고 없이 지나고 있으니 안심하세요

증축교사 부지 닦느라고 요즘은 야단이 났지요. 뙤약볕에 구슬땀을 흘려가며 선생님도 학생도 한 덩어리가 되어 열을 올리고 있는 모습들이 장하게만 생각돼요. 최전방까지 뒤불려 왔지만 그만해도 정이 들었는지 이제는 한결 정신적으로나마 안정이 되고 매일매일의 일에 보람조차 느끼게 돼요.

이석(利錫)이 식사집은 강원여관으로 옮겨 주었다오. 쌀로 5두(五斗) 주라고 했는데. 미가(米價)가 일정치 않으니 말입니다. 미국서 회신 오거든 동봉해 보내주시기 바랍니다

수달이가 전과 사달라고 졸라대는 걸 그냥 와서 마음에 걸리는군
요. 그렇게 사고 싶어 하는 걸 공부되고 안 되고가 문제가 아니니
사주도록 하시오.

7월 7일부터 춘천서 종합체육대회가 있답니다 본교에서도 축구
와 탁구 출전 예정이니 아마 그때나 가게 될 겁니다.

그때까지 부디 안녕.

철원에서

1963년 6월 14일

희화 님

안전수리(安全修理)도 못한 데다 벼락이사를 하고 와보니 어쩐지 어수선한 마음 정리가 되지 않는군요. 그래도 내 집이라고 문패를 붙이고 왔으니 훨씬 안심은 되지만, 남의 집에서 기(氣)를 내지 못하고 살아오던 아희들에게 용기를 북돋아 주는 좋은 기회가 될 거라고 생각됩니다.

온돌은 완전히 말라 니스칠을 할 때까지 정중히 사용하여야 할 겁니다. 마루도 기회 보아 칠을 하여야 하니까 새로 놓은 데는 길을 잘 들이고 헌 마루는 때를 잘 벗겨야 하겠지만 언제 그럴 시간 여유가 있겠소. 형편이 좋게 돌아가지 못하면 그대로 겨울이나 나고 내년 봄에 층층대, 퇴, 변소 기와 등 손을 대는 수밖에 없겠지요.

수달이는 무사히 다녀오고 광희(光姬) 보들가지도 좀 나았는지요? 자주 소식 전해 주기 바랍니다. 여비 관계로 자주 다녀오지 못할 것을 생각하니 더욱 쓸쓸한 마음이 드는군요. 부디 명랑하게 마음 든든히 가지고 무리 없게 지나시기만 바랍니다.

오는 8일이 입동(立冬)이라니 김장 때문에 야단 아니오? 왜무 두 가마 정도 트럭 편이 있을 듯해서 보낼까 합니다. 배추는 현재 좋은 것 한 폭에 8원 하는군요. 쌀은 좋은 것이 240원(도매)이구요. 그런데 올랐다 내렸다 해서 대중할 수는 없으나 260원 이상은 당분간 오르지 않을 것 같다나요. 차편만 해결되면 쌀도 좀 보낼까 하는데 모르겠소.

이불은 들어오던 날 밤 이씨 부인께 보내서 꿰맸다오. 돈을 쥐도 받지 않으니 입장이 거북하군요. 봉급이라도 타면 적당히 선물이나 보낼까 하지요.

오늘은 일요일이지만 건축자재 관계로 운천(雲川)까지 갔다가 왔답니다. 여행 간 아희들이 아직까지 돌아오지 않아 기다리고 있는 동안 이 편지를 쓰고 있답니다. 미국에도 쓰려고 합니다.

내내 안녕.

1963년 11월 3일

선희 엄마께

집 떠난 지 어언 17日이나 흘렀군요.

별고들 없는지요? 일전 편지 받고도 곧 회신 못하여 미안합니다. 틈을 타서 한번 다녀올 욕심으로 차일피일 하던 것인데 아무래도 선거 전에는 다녀올 것 같지 못해 이제 펜을 들었다오. 왜무 4가마 하고 쌀 한 가마를 외상으로 얻어놓고 차편을 구했으나 적당치 않아 할 수 없이 무는 한 가마에 150원씩 받고 팔았지요. 26일 지나 27일경 11월분 봉급 타가지고 당신 보러 갈 터이니 그리아세요. 김장이 너무 늦을 것 같으나 할 수 없지 않을까요? 꾸어서 할 수라도 있으면 좋겠는데? 공전은 3천 원만 해결됐는데 너무 염려 마세요.

잘되겠지요.

당신의 근황이 궁금합니다. 사무실에는 기후(其後)도 여전히 나가시는지? 제일지구당의 선거전 상황은? 물론 신씨(申氏)가 당선되리라고는 생각합니다만.

서울 오빠께서 엽서가 왔군요. 춘천서는 이사를 했는지 궁금하다고요. 주소를 몰라서 편지도 못 하니 주소를 알려달라고요. 내일 답장 쓸려고 합니다.

미국에도 편지 보냈는데 회답 왔는지요? 이사했다는 얘기와 이석이 학비는 앞으로는 보내지 말라고요. 오빠가 집을 사라고 돈을 보태주어 샀다는 얘기와 동생이 이석이 학비를 전담해 왔는데 딸린 식구가 많다 보니 이석만을 위해 쓰지 못하고 이리저리 찢기어서 이석이를 고생을 시키게 되어 부끄럽고 미안하긴 하나 그렇다고 공부에 지장이 없을 정도로 현상 유지해 나가겠으니 안심하라고 했지요.

이석이 취적(就籍) 건도 해결 방법이 있답니다. 비용이 들어야 한다니 당장 내 놓을 것이 있어야지요. 고등학교 입학 전까지 해결하면 되는 문제니 일단 보류해 둡시다

변소일 유지(油紙)와 층층대, 퇴, 다시 할 시멘트 3포를 준비해 놓고도 운반편이 없어서 이러고 있답니다.

광희 얼굴에 험이 남을 것 같다구요? 험을 남기는 것은 부모의 책임일 겁니다. 병원에 데리고 가시오. 수곤이가 좀 부지런해진 모양이지요? 연령도 있는데 자각할 때도 왔지 않소? 저들을 위해서 인

생을 희생하고 사는 부모의 고충을 짐작이라도 하고 있는지 답답합니다.

김씨도 가끔 만나는지요? 아무리 생각해도 그들에게 이용당한 것만 같아 불쾌하기 짝이 없군요? 벌써 과거 일이니 잊고 말아야 할 일들이지만. 변소 기와와 방 니스칠, 마루칠, 층층대 보수는 자기들도 인간의 양심이 있다면 책임져 주어야 할 문제들이 아니겠소. 그들을 이용하려다 오히려 이용당한 것만 같아요. 백장(百張) 편지를 쓴들 무슨 소용이 있겠소? 따스한 당신 체온에 얼싸안겨 즐기는 '엔조이' 그것이 말로 되는 일은 아니지 않소? 하기야 상상만 하여도 황홀지경에 빠지기는 합니다만.

차라리 가을이라면 귀뚜라미 울음소리라도 들려야 훨씬 고적감이 덜할 것 같은데 한시를 지난 초겨울의 이 밤은 왜 이다지도 고요하고 쓸쓸하기만 한지요?

'존귀한 것은 육체보다도 정신이다.' 그것이 인간을 존엄한 존재로 규정 지워주는 명언이겠지요? 그런데 나는 인간 교양의 미비에서인지 모르겠으나 현실성 없고 실속 없는 생각만 가지고는 정말 못 견딜 것만 같아요. 자기가 꾸민 불평 많은 현실을 정신적으로나마 당신을 그리며 당신이 손수 끊어다 보낸 융요에서 체온을 느끼며 꿈속에서나마 당신이 나타나기를 고대하면서 잠자리에 들으렵니다.

내내 내사랑 안녕.

1963년 11월 18일

희화 님

당신의 따뜻한 사랑으로부터 떨어진 지 꼭 열흘이 되는군요. 결심하고 떠난 길이어서 그런지 처음 3, 4일은 별다른 고적(孤寂)을 모르겠더니 반달도 못 가서 이렇게 천추(千秋)만 같은 것이 나오나 드나 그저 당신 생각만 나는군요. 따스한 봄볕이 등을 간지럽게 쪼여주는 교장실에 앉아 이 글을 쓰며 보고 싶은 마음을 달래볼까 합니다. 이 운명의 생활을 앞으로 얼마나 더 계속하여야 하는 것인지?

이곳에 와서만도 벌써 2년이 가까워져 오건만 헤어져 산다는 문제에만은 적응이 해당 안 되는 모양이지요? 날이 갈수록 그리운 마음은 더욱더 간절해 갈 뿐이니. 평안하기나 한지요? 선희 재롱 모습이 아롱거립니다. 수달이 책상 때문에 불편이 많겠지요? 아직 기약은 없으나 귀성 시 이석(利錫)이 책상 만들어다 주고 이석이가 사용하던 것을 가져다 위선 사용하면서 형편 보아 하나 만들어 주도록 합시다. 홍(洪) 선생님 가시는 편에 부탁할까 하다가 미안해서 못 했으니 불편한대로 좀 더 참아주는 도리밖에 없지 않소? 교육회원 증명은 받으셨겠지요?

어떻게 혜택이나 받으셨는지?

미국에서는 소식이나 있는지요? 공전(公錢)을 유용하고 있어 마음이 께름칙해요. 이석이가 불평이나 않는지요? 무엇보다도 수곤이 공부에 지장이 생기지나 않나 잘 보살펴야 할 것입니다. 정 안될 문제라면 애당초 개선해야 하니까요. 성희도 이왕이면 좀 더 노력해서 우등(優等)하도록. 능력이 있다고 생각되니 말입니다. 수원이, 수성이는 그대로만 계발(啓發)돼 나간다면 빠지지 않을 것 같은데 모르겠소.

이곳에서는 별고없이 지내고 있으니 안심하세요. 입학식도 끝나고 지금은 신학년 계획서 작성에 분주합니다. 시무식, 입학식 등등에 부형(父兄)들이 많이 와서 학교 발전 모습을 보고 더욱더 인기상승이지요. 유지(有志)들이 보기만 하면 좀 괴롭더라도 더 있어달라고 부탁이랍니다. 경제 조건 때문에 그렇지 정말 일에는 자신이 생기는데 고생을 하니, 그것도 팔자소관인지 모르겠습니다. 미래가 중요타 하지만 '이렇게 복잡한 인생조건 만들지 말고 홀가분하게 당대(當代) 지내고 그쳐도 그만이 아니었던가?' 이렇게 생각에 잠겨도 보지요.

서울에도 가끔 안부 드리도록 하시오.

평해(平海)서는 편지 왔나요? 수길(秀吉)이가 일전 다녀갔지요. 중앙대학에 등록하였답니다. 수천(秀天)네도 그저 그렇게 지내고 있다니 다행이오.

새봄 맞아 모두 새 희망에 부푸는데 우리는 무슨 희망을 속삭여 볼까요? 그리운 마음 가슴속에 간직하고 만날 날을 고대하는 희망에라도 부풀어 볼까요.

환절기에 특히 몸조심하여 주시기 바라며 이만 줄입니다.

1964년 3월 11일

수곤 모께

집 떠나던 날 오후 3시 반 무사히 귀임하였지요. 별일 없습니다. 빈 사이에 도(道)로부터 장학지도가 있었군요. 이석이 입학 문제로 말을 들었답니다. 부정입학이라는 거지오. 그런 줄 모르고 한 일은 아니었으니까요. 그렇지만 없는 사이에 이러쿵저러쿵 말이 있었다니 그리 기분 좋은 일은 아니군요. 나야 다소 입장이 곤란하더라도 이석이가 성공이라도 한다면 보람이 있겠는데, 모르지요.

별일들 없겠지요? 수곤이 화학사전 사 주었는지요? 아희들 신발이며. 죽이라도 좀 진하게 쑤어 배불리 주도록 하세요. 이렇게 와서 되돌아보면 공연히 마음이 뭉클해져요. 무능한 가장의 자책을 느끼는 데서이겠지요. 특히 당신에게 또 미안해집니다.

당신 말씀대로 강릉집에서 식비도 정하지 않고 1일 2식씩 하고 있답니다. 밥을 먹으니 아주 든든해요. 아무 걱정 마시고 약속한 내철조(來鐵條)는 교장급 인사발표를 보고 오시는 것이 좋지 않을까요? 봉급 관계로 바쁘시기는 하지만.

오자마자 주례 부탁을 받아 지금 막 마치고 돌아와 축배로 얼큰한 기분에 집 생각이 나서 펜을 들었다오. 서울서 편지 왔는지요? 곡해 생각만 말고 오빠에겐 먼저 감사한 마음 잊지 말고 그이 의사를 존중해서 가능한 한 응해 주시도록 부탁합니다. 이석이야 하는 걸 보면 괘씸한 점도 많지만 아직 무얼 아우. 그렇기 때문에 지도가 필요하다는 거 아니오. 다만 이석모(利錫母)께서 오해라도 있다면 그것은 섭섭하지만.

내일이 춘분(春分)이라지오? 시절은 또 돌아왔는데 갈수록 태산, 정말 벅차군요. 그러나 내 생각으로는 아직 용기백배니 인내하고 극복해 봅시다. 남의 팽이 돌면 내 팽이도 돌겠지요. 부디 건강하시기만 축원합니다.

1964년 3월 19일

희화 님

전해 주신 소식 반갑습니다. 섭섭하게 이별한 이후 여러 가지로 궁금하던 차에 이제 안심이 되는군요. 아희들이 집을 잘 지켰더라구요? 정말 기특한 일이 아니요? 그만만 해도 다 키워 놓은 것 같습니다. 제발 지성(知性)도 그만치 자라고 몸도 건강해서 남에게 뒤지지 않는 인재가 되어 주어야 보람이 있겠는데요.

차중(車中) 멀미나 없었는지요? 그 정도의 여행으로 저녁 식사도 못하였다니 정말 당신 몸이 약해서 탈이야요. 도통 식량(食量)이 당신은 너무 적어서, 그래가지고는 건강 유지가 곤란하다니까요. 자기 몸 자기가 주의하는 수밖에 없는 것이니 알아서 잘해 주시기만 빌 뿐입니다.

이곳도 별일 없으니 안심하세요. 당신이 씻어 놓고 간 쌀 오늘 아침에서야 처음 밥을 지어 봤지요. 콩나물에다 간장 타고 무짠지 좀 넣고 부글부글 끓여서 한 그릇 말아 먹었더니 아주 든든합니다. 언제나 배고프면 밥 지어 먹을 수 있다고 생각하니 믿음직하기도 하구요 당신 말대로 귀찮은 점도 있지만, 의지로써 현실을 극복하렵니다 우리 형편상 내가 이러지 않으려면 아희들이 고학(苦學)을 해야 할 것이 아니요?

보람 있는 앞날을 위해서 군세게 나아가 봅시다.

평해(平海)서 소식이 왔다구요? 혁진이가 안됐군요. 그래서 옛말에도 쳐다만 보군 못 산다고 한 모양이지요. 좋은 곳으로 영전이라도 하면 좋겠는데 말입니다. 아희들 교육 관계도 그렇고요.

서울에 가끔 안부해서 의리 변치 말도록 하세요. 오빠께서도 돌아오실 때가 된 거 아닌가요?

자미를 콱 보아서 복구(復舊)되어야겠는데요.

내내 안녕하소서.

종종 소식 전해 주시오.

1964년 3월 30일

남산에서 부모님과 성희(1969년).

수곤 모께

화창한 봄 날씨에 가족 생각만 더욱 간절해지는군요. 별고들이나 없는지요?

일전 보낸 편지는 받았지요. 4월분 봉급을 7,900원 정주사(鄭主事) 편으로 보낸 것 받으셨다구요.

전달서부터 밀린 탄가(炭價)와 쌀 1두대(斗代) 갚고 나니 몽땅 그겁니다. 쌀값은 자꾸 오르고 정말 야단났소. 이달 탄가하고 쌀값은 5월분 봉급에서 공제해야 할 판이니 결국은 빚지고 사는 거지요. 어떻게 장이나 담그셨는지요? 김우영씨(金祐永氏) 댁 부채와 정기예금은 못 하셨겠지요? 무엇보다도 급선무가 쌀 확보니 먼저 그달분 필요량의 쌀부터 구입해 놓고 다른 것들을 가능한 범위에서 처리해 나가도록 머리를 쓰시기 바랍니다. 현상유지가 안 되는 이상 빚을 지면서도 먹기는 해야 하는 거 아니겠소? 죽이라도 진하게 쑤어서 나쁜 숟갈 놓지 않도록 부듯하게 주도록 해요.

수곤이 성적이 의외로 좋은 편이군요. 40점 이상이면 자신이 있는데 38점이라니 서울대학에도 조금만 더하면 갈 수 있는 거 아니오.

지능도 110이라면 좋은 편입니다(본인에겐 알리지 마시오). 전기과(電氣科) 어떨는지요? 좀 더 두고 보아서 실력에 알맞게 선택해 주도록 합시다.

오는 14日부터 체육대회랍니다 12일경 상춘(上春)할까 하는데요. 수달이 수성이 책상을 가지고 가려고 그때까지 완성해 달라고 부탁해 놓았다오. 수곤이 '책 세우기' 하고 수달이 가방도 갖다 주겠소. 꼬마들 신발은 사주었는지요? 인내로 현실을 극복하고 나아가는 가운데 무슨 좋은 수라도 생기겠지요. 굳세게 나아가 봅시다.

나는 별고 없으니 안심하세요. 소화도 잘되고 자취 생활에도 익숙하여져 이제는 별로 불편도 느끼지 않는다오. 부식(副食)이 문제인데 아직까지는 김병화(金炳和) 선생 사모님과 정주사 사모님의 많은 신세를 입어 곤란을 느끼지 않고 지내 왔지만 하루 이틀 아니고 어찌 남에게 신세만 지겠소.

요즘은 화단 만드느라고 야단이랍니다. 본지(本地) 주둔 1사단 15연대장님께서 많이 협조를 해 준다오. 완성만(구상한 대로) 해 놓으면 아마 도내에서도 못지않은 좋은 동산이 될 것입니다.

서울에는 전화 걸까 하다가 무슨 불길한 소식이라도 있을까 봐 안 걸었습니다. 이제 집에 갈 기회에 직접 방문하거나 자존(自存)하게 당신 이름으로 문안편지 올리거나 합시다. 미국에도 편지하고요.

성희와 수원이는 여전히 우수하겠지요! 이석이도 공부 잘하도록 구별 말고 편리 봐 주시기 바랍니다.

제 가족 내내 평안들 하옵기 하느님께 비옵니다. 이만. 기회 보아 종종 편지하세요. 1주일에 한 번도 적은 것 같아요. 더 자주 합시다.

1964년 5월 4일

희화 님

며칠을 두고 흐리텁텁한 날씨가 계속되더니 이제서야 자우(慈雨)가 고요히 나리는군요. 간밤의 과음에서인지 엊저녁에는 유달리 고단하여 초저녁부터 잠자리에 들었다가 고요한 새벽밤을 두드리는 빗방울 소리에 잠을 깨었답니다. 그리운 당신과 가족들을 생각하다가 펜을 들었지요

서울을 무사히 다녀가셨다니 더욱 반갑군요.

오빠 사업 관계도 5월 말이면 정리가 된다니 다행한 일이요. 이석이 얘기를 듣고 불쾌해 하시더라구요? 왜 그렇지 않겠소. 나도 그 얘기를 처음 들었을 때 배반당한 것 같은 불쾌감을 느꼈는데요. 나팔 문제는 어찌 되었는지요? 그 아희는 그런 까닭에 특별지도가 필요하다는 거야요. 자라온 과정의 입장과 환경에서 길러진 성품, 일조일석에 고쳐질 리 없으니 그리 아시고 잘 지도해요. 우리 아희들에게 영향이나 미치지 않도록 주의해서.

김우영씨 댁 부채는 갚으셨는지요? 너무 길어서 미안해 그럽니다. 그러나 무엇보다도 급선무는 쌀을 확보하는 문제겠지요. 4,000원 조(条)로 쌀을 사셨다는 것은 현명한 처리였다고 봅니다. 죽이라도 진하게 쒀서 당신 좀 많이 먹고 아희들도 나쁜(不足한) 술 놓지 않도록 하세요. 서울서 헤어지던 날은 냉면 한 그릇을 못다 먹는 것을 보니 아주 마음이 언짢아요. 식사는 곧 건강이니까 말이야요. 당신 얼굴에 늘어만 가는 주름살의 원인도 물론 여러 가지 있겠지

만 당신이 먹을 수 있는 것도 이것저것 생각하고 먹지 않는데 있는 거야요. 선량한 국민으로서 그래도 일터를 가지고 있는 사람으로서 양심껏 일하는데 그래도 복 받을 날이 있겠지요? 인내하면서 그날을 위하여 건강하게 살아갑시다.

이곳 나는 여전하니 안심하세요. 귀교(歸校)하는 날부터 이렁저렁하다가 그제 저녁 처음으로 밥을 지었다오. 김병화 선생 부인께서 김치를 단지에 담가다 주서서 어찌나 고마운지요. 상추쌈도 갔다 주고요. 오는 일요일날은 전 직원 다리고 냇놀이나 가려오. 개나한 마리 잡고 여선생님들을 위해서 닭이나 한 마리 하고요. 요리는 이씨께 부탁했다오.

당신이라도 있으면 겸해서 가족놀이라도 하겠는데, 내 짝이 없으니 기분이 안 나요.

요즘은 운동장 주위에 활짝 핀 아카시아 꽃과 화단에 자라나는 수목잎들이 정적(靜寂)한 이 마음을 많이 달래 주지요. 깨끗이 정돈된 구내에 마음대로 피어 풍기는 그 향기 그 숲은 정말로 내 마음을 도취시켜요. 어떤 때는 저녁에도 홀로 나와 구내로 산책을 한답니다. 당신을 머릿속에 그리며.

부디 아희들 다리고 쪼들리는 살림 속에 마음이나마 평화롭게 행복하게 지내주시도록 해주시기 축원하면서 이만 각필(欄筆)합니다.

철중(鐵中) 교장 사택에서

1964년 5월 21일

수곤 모께

따뜻한 사랑의 보금자리를 떠나 무사히 귀임하였습니다. 쓸쓸한 방에 외로이 앉아 황홀하였던 이틀 밤의 생활을 생각하니 고적한 마음만 더욱 간절해지는군요. 11시 30분 차를 놓치고 3시간 동안을 대합실에서 기다려 오후 2시 30분 차로 춘천을 떠났다오. 철원착 (鐵原着)이 밤 10시 30분이나 되어 저녁을 중국집에서 사먹고 청소도 못하고 잤답니다. 춘천역에서 김병오(金柄五) 장학사를 만나 서울까지 동행했지요. 여러 가지 과거도 얘기하면서 심심치 않은 여행이었답니다. 예감대로 모(某) 교육감 상대 시는 특히 말조심하여야겠더군. 자세한 것은 나중에 얘기합시다.

학교는 별일 없으니 안심하세요. 3일 간 비워 둔 사택에 눈에 띄게 풀이 자랐군요. 아침저녁으로 뽑으렵니다. 아침 청소를 하다 보니 시간이 늦은데다 손님이 찾아와 이럭저럭 하다 보니 식사 지을 시간이 없어 그대로 출근하였다가 점심 겸해서 1시 반에 용탕집에 가서 하고 돌아와 당신 생각을 하면서 집필하였다오. 아침부터 가랑비가 나리더니 지금은 제법 소리 내며 나립니다. 흡족히 와서 모나 제때에 나가도록 했으면 좋겠군요.

수곤이는 될 수 있는 대로 격려를 주어 자신을 갖고 최선을 다하도록 지도하세요. 다른 아희들도 너무 꾸지람만 말고 희망을 주도록 하세요. 애비 성격이 부드럽지 못해 가끔 만나보는 기회에서나마 짜증을 내고 하는데 어머니조차 그렇게 하면 아희들 기가 죽어

안 될 겁니다.

아희들을 위해서는 오히려 나 같은 성격은 떨어져 사는 것도 좋은 점인지도 몰라요? 그저 하늘 같은 나의 사랑 당신에게 현명을 바랄 뿐이오. 그렇다고 억지로는 안 되는 것이니 당신의 건강에 무리 안 가도록 하셔야 합니다.

건강은 물론 영양이 중요한 요소이겠지만 그에 못지않게 정신 영향 또한 큰 요건이라고 생각합니다. 우리가 지금 어렵다지만 장래의 희망을 위하여 최선을 다해서 현실을 극복할 때 천명(天命)을 기다릴 수 있고 마음은 기뻐질 수 있지 않을까요? 어떻게 하면 당신이 늙지 않을까요? 연령에 비하여 너무 살이 없고 주름살이 많기 때문이야요. 물론 원인이야 있지요. 그러나 그것을 교양으로써 희망으로 바꾸어 지내 나아가세요. 그런 의미에서 역시 종교생활이 필요하지 않을까요? 이곳도 정 오고 싶을 마음이 생(生)할 땐 오세요. 여비 문제 때문에 제한하자고 그랬는데 다시 생각해 보니 그럴 필요가 없을 것 같아요. 그쯤이야 어떻게 되겠지요. 그리고 성희 애쓰는 게 애처롭고 집 비워두기가 조심스러운 점도 있기는 하나 어떤 의미에서는 오히려 좋은 점도 있을 수 있고, 또 실제 그런 건 노파심이지 이제 큰 아희들이야 사실은 자립할 때가 아닐까요? 이것저것 생각하면 아무것도 못 해요.

이석(利錫)이는 어떻게 했는지요? 내가 떠날 때 얘기한대로 처리하세요. 정말 학교 다닐 의사가 없다면 본인에게 맡기지 말고 보호

자 된 입장에서 당신이 가서 퇴학 처리하세요. 연후(然後)에 자기 할 대로 하라고 하는 것이 무난할 겁니다.

그 일로 더 이상 당신 속 썩이지 않도록.

4일부터 1주일간 농번기 휴가를 하려고 합니다. 비가 자꾸 나리니 물도 흡족할 거고 아마 적기인 듯한데 모르겠습니다.

몸과 마음 편안하시기 빌며.

이만.

1964년 6월 2일

희화 님

차 멀미라도 안 일었나 하고 염려하였는데 무사히 귀가하였다니 반갑습니다. 성희가 그렇게 대견한 일을 하였다구요? 빈한한 집 딸로 태어난 덕분에 벌써부터 주부 훈련 톡톡히 쌓지 뭐요. 해서 손 되는 건 없다고 생각합니다. 없다고 불평이나 하고 비비 꼬고만 있는 병적인 군상들보다 그 얼마나 건전하고 위대한 존재입니까. 천(天)도 자조자(自助者)를 돕는다고 했습니다. 부지런히 노력하면 스스로 남의 도움도 받게 되고 행복할 수도 있는 것이 이 세상 이치인 것만은 사실인 것 같아요. 수곤이도 잘하고 있다니 더욱 마음 든든합니다.

나는 여전하니 안심하세요. 어제부터(11일) 다시 아희들을 맞아 정상수업을 하고 있답니다. 드는 줄은 몰라도 나는 줄을 안다더니 며칠 되지는 않았으나 당신과 재롱둥이들이 사택을 지켜준다고 생각할 때 학교에 나와 있어도 마음이 든든하고 힘이 나더니 떠난 후의 쓸쓸함이란 무어라 표현할 수 없을 정도로 안타깝기만 하군요. 지어놓고 간 밥 10일 아침에 치웠답니다. 허전한 마음 달랠까 해서 9일 밤은 영화관에 갔지요. "새엄마" 제목이 그럴듯해서 갔더니 벌써 본 것이 아니겠어요. 날이 지나면 허전한 마음도 좀 사라져 갈 겁니다. 월말에 오라구요? 가지요. 25일이나 26일에 장학지도 온다니, 그 후 가도록 하겠습니다.

이석이는 돌아갔는지요? 당신 떠나던 날 오후 2시에 학교에 나와서 떠나겠으니 차비를 달라지 않아요. 줄까 하다가 갈 것 같지도 않길래 당신이 차비까지 가지고 기다리다 못해 먼저 떠났으니 지포리 가서 만나 막차로 같이 가도록 하라고 보내버렸는데요. 그런데 예측대로 그날 안 떠나고 저녁에 이곳에 서 놀더라구요. 전날 저녁에는 혼자서 극장에 갔더래요. 10일 날 이씨가 지포리 나갔는데 거기 있더라는 군요. 만나자마자 이씨보고 돈 40원만 달라고 하더라니 글쎄 딱한 일이 아니요. 글쎄 아이가 왜 그렇게 무계획적일까요? 나이 20이면 셈 날 때도 됐는데 말입니다.

그런 아이기 때문에 우리를 믿고 사람 만들어 달라고 보낸 것이 아니겠소? 잘 이해하고 타일러서 사람 되도록 하세요.

서울에는 위문편지라도 내도록 하세요. 정말 생각할수록 안됐어요. 내가 도와줄 아무런 힘도 없으니 어떻게 합니까? 평해(平海)도 자주 편지 보내 오해 사지 않도록 하시고 미국에는 다음번 내가 가서 편지 쓰도록 하겠어요.

양복을 맞추라고요? 양복점에 가 봤다오. 상하(上下) 5,000원, 하(下)만 2,000원 내래요. 춘천보다 비싼 것 같아 맞추지 않았는데. 어쩔는지요. 형편대로 할 것이니 염려 마세요.

이만 쓸까 합니다. 항상 부탁하는바 당신 건강을 위해 식사만이라도 많이 할 수 있도록 노력해 주시기 간절히 바랍니다. 그것이 당신이 나를 즐겁게 해 주는 길이야요.

1964년 6월 12일

선희(善姬) 마마

보내신 편지 받았어요. 어찌나 반가운지요. 일전 편지도 받고 회답도 못했는데 또 쓰셨군요. 당신 몸도 좋으시고 아희들도 공부들 잘한다니 아주 마음이 거뜬해집니다. 사실 일전 편지 받고는 왜 그런지 마음이 개운치 않았답니다.

기왕 임신된 것이니 막내둥이로 잘 나서 키우자고 편지를 낼까 하고 몇 번이나 생각도 해 보았지만, 선뜻 그렇게 적극적으로 마음이 쏠리지도 않고요. 특히 당신의 건강을 생각할 때 자연 우울해짐을 금할 길 없더군요, 이제 월경도 계셨다니 명랑해지신 당신 못지않게 나도 명랑해져감을 의식하겠군요. 그만치 주의를 하는데 하느님도 무심할 리 없지 않소?

나도 별일 없이 지내고 있으니 안심하세요. 외롭고 쓸쓸할 때는 방에 돌아가 누워서 그리운 당신과 아희들을 머릿속에 그리면서 깊이 명상에 잠기지요. 그래도 꿈에는 한 번도 안 나타나는 게 신기한 것이야요. 돌아가신 어머니나 어렸을 때 놀던 관련성 있는 것들 아는 이 모르는 이들의 여상(女像) 정도 등이 가끔 나타나 깨고 보면 별로 기분도 좋지 못하고요.

26, 7일경 귀가하겠습니다. 하의는 아직 안 했는데 당신과 같이 가서 맞출까 하고요. 이곳에서는 요즘 유행하는 테레링 모(毛) 50% 지로 1,500원서부터 2,000원까지 호가하는군요. 이왕이면 당신 맘에 드는 걸로 입고 싶어요. 상의까지 하려면 2,000원 3,000원 해서

5,000원 내라니 이제 아래위 갖춰 입어보기는 다 글렀지 뭐요. 사람 팔자 알 수 없다곤 하지만 어디 기적이 있기 전에야 말입니다.

서울 소식이나 듣는지요? 궁금하군요. 편지로라도 가끔 위로해 드리도록 해요.

이석이 일도 궁금하구요. 모두 복들을 받아야겠는데 부모들 잘못 만나 미래들이 고생하는 생각을 하면 자연히 부끄러워만져요. 아희들이 어렸을 때는 그렁저렁 지냈는데 말이야. 극장 구경 갔다 울었다구요? 나는 울었다는 당신 글씨를 내려보면서 괜히 또 울었으니 싱겁지 뭐요? 아니 그놈의 "내가 설 땅은 어디냐?"가 뭐게 우리 내외를 춘천에서 철원에서 온통 울려놓고 야단이냔 말이야. '무언의 감명!'에 사로잡힌 탓이었겠지요. 너무 감상(感傷)에만 흘러서야 되겠습니까? 굳세게 살아 나갑시다.

봉급 가지고 갈게요. 그때까지 안녕.

1964년 6월 23일

선희 마마

장기간 계속되는 장마의 영향인지 고연히 마음이 우울만 해지는군요. 하기야 장마의 영향뿐이겠습니까? 오래간만에 집이라고 돌아가서도 남편으로서 아비로서 가족들에게 아무런 희망도 즐거움도 주지 못하고 더구나 뒤숭숭한 정신적 작용 속에 당신을 서울에 두고 돌아왔으니 말입니다. 당신의 편지를 받은 이 순간, 마음이 훨씬 명랑해짐을 의식하겠군요. 그리고 보니 확실히 당신은 나의 힘이요 빛인가 봐요. 연약한 여자이지만 옆에 있으면 든든하고 기쁘고 서투른 글씨 솜씨에 무뚝뚝한 글이지만 당신의 편지를 받으면 그저 반갑고 읽고 또 읽고만 싶고.

지금쯤은 집엔 돌아가서 무엇을 하고 계시는지? 수곤이가 그 더위에 밤을 새우다시피 공부에 전력하고 있는 모습이 눈에 선합니다. 하기야 자기 인생을 좌우하는 유일의 기회이니 그렇게 안 하고 되겠습니까? 그렇지만 아비로서 뒷받침을 실분(實分)히 못해 주니 그저 측은하고 안타까울 정도로 마음이 아픕니다. 최선을 다하고 천명을 기다리는 수밖에 없겠지요. 건강을 해치지 않을 범위에서 계속 군세게 노력하도록 격려하세요

오빠가 출국하였다니 다행이군요. 부디 해외에서 대공(大功)하였으면 더욱 다행이겠는데 말입니다.

어머님께서 크게 심상(心傷)케 생각이나 안 하셨으면 좋을 텐데 어떠셨는지요? 넓은 지구를 한집안 무대로 삼아 사는 오늘날 국내외는 별로 문제가 아니겠지요. 아무 데서든 몸 건강하고 돈 있으면 행복할 수 있는 거니까요.

나는 별일 없이 지내고 있습니다. 요즘은 학기말 고사 중이어서 더욱 마음은 한가로우나 비가 계속 나리니 정구도 못 치고요. 김병

화 선생 댁에서 가져온 조기 오늘 아침에 마저 구웠다오. 저녁에는
효식(孝植)이 집에 가서 '장'이나 좀 가져다 국 좀 끓일라고요. 밥
많이씩 먹겠으니 그 대신 당신은 더 많이씩 해서 다음 만날 때는 얼
골 좀 좋아져야 합니다. 장마철에 내내 제 가족 평안케 하여 주시옵
기 하느님께 기도하면서 이만 줄입니다.

1964년 7월 9일

희화 님

여보! 왜 편지 안 쓰시는 거요?

어디가 편치 않으신지요? 성동역 앞에서 써보내신 편지 회신은 받으셨는지요? 근황이 궁금하여 안타깝기만 합니다. 좋은 일만 기대할 수도 없고 나쁜 일이라고 피할 수만도 없는 것이 인생의 운명인데 혹시 기분 나빠 할까 봐 못 알리는 일이라도 있으신가요? 오늘도 배달부만 기다리고 있다가 기다리는 소식 없기 한 자 적어 보는 거랍니다. 두통이신지? 식욕부진인지? 이석이 조(条)? 아희들 중에? 이런 것들을 자꾸 생각해서 그런지 엊저녁에는 아주 기분 나쁜 꿈을 꾸었다오. 편지 받는 대로 회답 바랍니다.

나는 여전하니 안심하세요. 식사도 잘하고 정구를 쳐서 그런지 제 맘에 몸이 좋아진 것 같아요. 25일이 방학이니 근일(近日) 만나기는 하겠지만 27일서부터 원주에서 체육대회가 있으니까 가는 길에 들릴는지 오는 길에 들릴는지 형편 보아 하도록 하겠습니다.

하기야 빨래도 있고 하니까 오는 길 가는 길 다 들러야 하겠습니다만 여비 때문에 그러는게 아니오.

수곤이는 금반(今般) 방학이 시험 준비에 가장 긴요한 기회라고 생각하는데 무슨 자기 방책이라도 있는가 봅디까? 무슨 특별지도라도 받을 수 있는 길이 있으면 몰라도 혼자서 공부하려면 역시 집에서 하는 것이 마음도 안정되고 제일 날 것이라고 나는 생각해요. 새로운 환경에 가면 자연 기분이 달라지니 그만치 지장이 아닐까요? 철원을 온다고 가정합시다. 춘천보다 별로 선선하지도 못한데다 식사의 불편, 참고서의 불편 등이 그만치 마이너스가 되지 않을까요? 춘천서는 집이 시끄러우면 또 참고물이 필요하면 도서관에라도 갈 수 있고 또 난(難) 문제가 있으면 친구나 스승을 찾아서 공동 해결할 수 있는 편의도 있을 수 있는 것이라고 생각되는데요. 물론 자기만 부지런하면 말입니다. 옛날 사람들은 공부하러 절간으로 찾아갔지만 지금 사람들은 반대로 도시로 나갑니다. 그것은 자극도 있겠지만, 서적과 친구와 스승을 얻기 편리한 데서라고 보는데요. 수곤이 의사를 들어보아 효과 있는 길을 택하도록 하세요.

만나는 날까지 부디 몸조심하시고 소식, 알려주시기 바라며 이만 줄입니다.

1964년 7월 16일

선희마마께

소식 반갑습니다. 별고들 없다니 안심이 되는군요.

이곳도 별일 없으니 안심하세요. 떠나던 날 예정대로 오후 3시 30분경 학교에 돌아왔지요. 방안에는 온통 곰팡이 냄새로 차 있고, 이불에서도 곰팡이 냄새가 요란했지만 청소하고 하룻밤을 지내고 나니 거뜬하더군요.

쌀 한 말에 350원에서 370원까지 하는군요. 햅쌀 370원짜리로 우선 5되를 사다가 밥을 지어먹고 있다오. 냄새만 맡아도 질색들 하던 버터에다 볶은 멸치이지만 당신이 손수 만든 것이어서인지 이곳에 와서는 제법 맛이 나요. 탄도 30장 들여오고요. 고추가 빨갛게 익기 시작했습니다. 벌써 따서 말리고 있는 것이 1두가량 되지요. 포도도 말갛게 익어 가고요. 예정대로 당신이 오면 따시라고 자연대로 가꾸고 있답니다

이석(利錫)이가 결국은 나가는군요. 우리 형편대로 최선을 다한 이상 도리가 없지 않습니까? 그러나 따지고 보면 우리가 경제적으로 너무 빈약한 생활을 하는 데서 만족을 못 얻고 나가는 것이라고 생각하니 미국집이나 서울집에 대해서 정말 부끄럽고 미안한 마음이루 말할 수 없어요. 가장의 무능으로 당신 면목까지도 서지 못하게 되고, 이석으로서는 자기 소원대로 되는 것이니 부디 착실해서 성공하여야겠는데, 제발 그러기를 손 모아 빌 뿐입니다. 미국에는 내가 편지 쓰도록 하지요. 평해에나 잘 이해할 수 있도록 편지 보내시고 서울은 다음 당신이 철원 오는 길에 들러서 특히 어머님께 자세한 말씀 드리는 게 좋지 않을까요? 나빠서 못 다리고 있다는 입장보다는 당신이 충분히 못해 주어서인지 자기가 저렇게 마다하고 나가니 할 수가 없었다는 점을 말입니다. 그리고 나가서도 잘 있을 것이라는 희망적인 얘기도 하도록 해요!

나는 이제 서울집에는 들를 면목이 적어졌지 않을까요? 또 학교

일도 바쁘고 해서 이민 가시게 되면 그때나 한번 방문할까 하지요. 이래저래 당신 부담만 자꾸 많아지는 것 생각하면 안타까우나 현실을 극복하여야 할 운명임을 어찌하겠습니까? 마음 든든히 가지고 나아갑시다. 다녀가는 길에 들러도 좋겠지만 혹 짐이라도 있게 될까 봐 그러지요.

선희와 광희를 다리고 오게 되면 오는 길에도 불편은 하겠지만? 잘 생각해서 편리하도록 하고 편지로 알려주어요. 수곤이 공부에 지장 없도록 특히 배려 있기 바랍니다

이만 줄입니다.

1964년 9월 2일

아버지와 광희

부모님과 여섯 살 무렵의 선희.

수곤 모께

18일에 보낸 편지 오늘(19일) 받았습니다.

하루 걸려 왔으니 유달리 빨리 온 셈이군요. 당신을 보내놓고 고독해 하는 인생을 위해 하느님이 보우하신 모양이지오? 안착하셨다니 고마우며 기간(其間) 집에서도 별일들 없었다니 다행이로군요.

나도 별일 없이 지내고 있으니 안심하세요. 당신이 지어 놓고 간 밥으로 저녁 먹고, 어제 아침 오늘 아침 두 번 밥 지었답니다. 17일 날 저녁 2시서부터 배가 아파 설사하면서 고생하였으나 18일 오후부터 좀 낫더니 지금은 완쾌하였으니 기분도 명랑해요.

명일(明日)이 추석이군요. 아희들 고기라도 사다 주어야 할걸? 화천행은 중지 하셨다구요. 여비라도 풍족히 가지고 떳떳이 못 갔다 올 바에야 차라리 중지한것도 좋았을 거야요. 모아 두었다가 형편 좀 나아지거든 온 가족이 동반하여 성묘토록 합시다그려.

학교에서는 추석이라고 쇠고기 두 근씩 사서 전 직원에게 나누어 주었지요. 모두들 좋아하는군요. 내 몫은 집에 갔다 두었길래 오늘 낮에 탄불이 마치 좋아 쏠아서 장에다 짭짤하게 지져서 점심에 반쯤 먹어치웠지요. 나머지도 두 번은 먹을 것 같군요. 추석날 아침은 철원 약방에서 식사하러 오라니 가야지요. 고기를 보니 주리는 아희들이 걸려 목이 메어요. 짧은 인생을 이렇게 헤어져 살면서 안타까워하는 운명이 다시 생각해 보아도 참 야속하기 짝이 없군요. 다 내가 크게 못 배운 탓인 걸 누구에게 원망하겠소. 현실 속에서 굳세게 살아가는 방법을 생각할 수밖에.

미국에는 엊저녁에 편지 써 오늘 아침 보냈답니다 당신이 이석이 내보내고 갑갑해서 철원이나 다녀가려고 이곳에 와서 편지 쓰노라고. 아마 그 편지 받아보면 웅실이도 마음이 풀릴 거야요. 춘고(春高) 연구수업에는 초청이 있으면 가겠습니다.

내내 안녕 종종 편지 써요.

성득 보냄
1964년 9월 19일

수곤 어머니께

일전 당신께서 보낸 편지 그리고 이제 성희에게서 보내온 편지 모두 반갑게 받아 보았답니다.

별일들 없이 지내고 있다니 다행이군요. 수원이, 수성이 운동회에 가보고 싶은 마음 나도 간절하나 여일(如一)히 되지 못하니 당신이나 꼭 가서 응원해 주도록 하세요. 아마 10월 초께나 한번 다녀올까 합니다만?

대원이가 다녀갔다구요. 집을 사게 된다니 참 반갑군요. 순산(順産)이나 하였답니까?

서울 소식도 들으시는지요? 오빠나 웅실이께서도 회신이나 왔는
지요?

성희가 '타자'를 더 배우고 싶다구요? 자기의 결심도 좀 다른 것
같으니 더 배우도록 하는 게 좋지 않을까요? 물론 경제적으로야 허
락치 않겠지만 그렇게 많은 액(額)이 아니라면 어떻게 짜내 보도록
합시다. 다음에 또 쓰겠습니다. 환절기에 부디 조심들 하여 내내 안
녕들 하시기 빌면서.

철원에서

1964년 9월 28일

선희 엄마께

유엔의 날이군요. 공휴일이지만 연구발표 준비 관계로 근무랍니
다 기념식을 마치고 이럭저럭 하다가 자리에 와 보니 당신으로부터
의 소식이군요. 헤어진 지 불과 며칠인데 왜 이다지도 반갑게 생각
되는지요. 엊저녁 꿈에는 한없이 당신이 원망스러운 현상이 다 나
타나더군요. 너무 그리운 마음에서 오매된 것이겠지요.

별일 없이 지내고 있으니 안심하세요.

돌아올 때는 싼 짐이 허술한 데다 비는 쏟아지고 아주 불편이 많
았으나 그런대로 무사히 돌아왔어요. 그 훗날 바로 경리사무 감사
와 학사시찰을 받았다오. 회계 관계 서류가 미정리되어 아주 망신

을 당했답니다.

정주사(鄭主事)가 아주 여느 일은 잘하나 서류 정리가 늦은 것이 항상 탈이야요. 평소에 그렇게 잔소리를 듣고 주의를 받으면서도 늑장을 부리더니 결국은 당했지요. 명예상 지장은 있으나 대수로운 것은 아니니 걱정할 것까지는 없습니다.

식사는 매식하고 있지요. 바쁜 것은 일찍 서두르면 되고 추운 것은 참을 수도 있지만, 부식 때문에 정말 자취는 곤란해지는군요. 그것도 경비 문제를 생각 않으면 또 문제가 다르겠는데?

26일이나 지나고 11월 2, 3일경에 운동회나 마치면 한번 다녀올까 합니다. 여의치 못하면 11월 봉급일 전으로 당신의 형편 좋은 때를 택하여 오시는 수밖에 없겠지요?

상강(霜降, 23일)날은 무서리가 나려 하룻밤 사이에 초목엽(草木葉)을 흠쭉 절여 놓았으니 김장 걱정이 더욱 심해지지 않아요? 학교 주변은 온통 낙엽 천지라오. 낙엽은 만추의 상징인 줄 알아 왔는데 지금 내 심정은 눈보라 치는 사막 길을 걷는 나그네의 마음에나 비해 볼까요. 실은 그렇지도 않을 입장인데 고연히 쓸쓸하고 외롭고 부질없는 소리가 자꾸 나와 미안하군요.

내내 평안들 하시기만 빌고 빌며, 이만 안녕.

철원에서

선희 아빠에게서

1964년 10월 24일

선희 엄마께

당신이 다녀간 후는 유달리 더 쓸쓸하기만 해서 나나 드나 그리운 생각에 잠겨 있던 차에 몸소 쓴 편지 받으니 반가움 이루 말할수 없습니다. 아희들이 집을 잘 지키고 있었다니 참 기특하군요. 수달이가 이제 정신을 차릴 수 있다면 정말 정상적인 발전 과정이라고 볼 수 있겠는데요?

영어, 수학을 특히 중점적으로 노력하도록 하라고 주의하세요. 김장이야 잘하려면 한이 있겠습니까? 형편대로 하는 거지요.

맛보다도 양(量)을 확보하도록 하세요.

나는 여전하니 안심하세요. 식사는 아직까지는 해 먹고 있답니다. 사 놓고 간 쌀 다 먹고 한 말 다시 외상으로(320원금) 들여왔답니다. 짠지가 좀 시기는 하였으나 아직은 괜찮아요. 술은 가급적 안마시려고 하지만 요즘 그놈의 주례 때문에 자꾸 동기를 갖게 되는군요. 조심해야지요.

오늘은 고등학교 추진 관계로 한 번 더 상경할 예정이었으나 여비 관계로 중지하고 이춘식(李春植) 씨께 2,000원을 주어 갔다 오라고 부탁하고 말았다오.

지금 같아서는 희망이 있으나 제각기 다 하려고 한다니 어찌 되려는지요?

김우영씨 댁 결혼식에는 결례치 마시기 바랍니다. 대원(大源)이 주소 알 수 있는 길 있으면 알아 두시오.

미국에도 오늘 편지 쓰렵니다

12월 7일서부터 입학시험이랍니다. 겨울방학 전에 한 번 다녀온다면 입학시험 후나 될 것 같군요. 12월 봉급이나 타가지고 갈까요?

날씨 차 오는데 내내 자중자애(自重自愛) 있기 빌며 이만 줄일까 합니다.

1964년 11월 24일
철원에서
성득

선희 엄마께

일기가 몹시 차졌습니다. 별고들 없이 지내고 있는지요? 일전 몸소 써 보낸 소식 반갑게 받고도 곧 회답 못 하여 미안하군요. 김장 하시느라고 수고를 많이 하셨는데 찾아가 위로도 못 해 드리고 그저 못난 남편 됨이 부끄러울 뿐입니다. 당신이 담근 맛이 있다는 깍두기가 군침을 돋게 하는군요. 그리운 생각 같아서는 당장이라도 달려가고 싶으나 그러지 못하는 입장 그저 안타까울 뿐입니다. 헤어져 살아야 하는 운명 모든 것이 이미 각오한 바요. 새삼스러운 것도 아니건만 그래도 이렇게까지 오랫동안 우리를 괴롭히는 현실이 너무나 야속하게만 생각돼요. 선희 엄마! 의지를 굳게 갖고 좀 더 참아 봅시다. 살아가는 동안 그래도 좀 나아지는 기회가 오겠지요. 당신이 40이 되고 내가 45세가 되면 대운(大運)이 튼다고 어느 점쟁이가 말하더라지요? 물론 그것을 믿는 것은 아니지요. 점이라도 쳐 봐서 당신의 운명을 위로받겠다는 그 심정을 이해하고도 남음이 있지요. 수곤이가 대학을 나오고 성희가 대학을 나올 때까지 우리는 최대한의 희생도 무릅쓰고 나아 갑시다.

나는 여전하니 안심하세요. 밥을 많이씩 지어 먹어 그런지 건강도 요즘은 각별히 좋은 것 같구요. 무 사다 넣고 쌀 일어서 장국에다 익혀 부엌에 앉아 최대 간략식으로 하는 식사건만 그래도 맛만 있으면 행복이지 뭐요.

빨리 방학이나 하면 그립고 따뜻한 당신의 품으로 돌아갈 수 있다고 그리며 사는 이 순간도 행복해요. 24일이 방학 예정일이니 25일이나 26일경 귀가케 되지 않나 예상됩니다. 그 전에 기회 있으면 12월 봉급이나 타 가지고 다녀올까도 생각하고요. 성희가 혹 노는 날이 있으면 당신이 다녀가도 좋지만요?

고등학교 설립 문제는 잘 해결되는 것 같습니다. 중앙에서는 이미 결정적이고 이제 다만 발표만이 남아 있을 뿐입니다.

12월 7일이 신입생 선발시험이니 근일간은 학교를 비울 수가 없지요. 금년도 응모자 수는 현재 187명이랍니다 192명까지는 모집할 수 있으니 현 상태 같아서는 필답고사는 생략할 수 있을 것 같군요.

수곤이는 꾸준히 하고 있겠지요? 방학에 귀가하여 결정적으로 학교를 선택하도록 합시다.

미국에는 장문(長文)의 서신을 보냈지요. 수곤이 학교는 학비 관계로 자기의 희망교인 서울을 중지시키고 춘천에 남겨야 할 것 같다고요. 그리고 이석이 문제에 대해서는 너무 안타까이 생각 말라구요. 애쓴다고 억지로 되고 그러지 않는다고 망가지는 것도 아니니까 말이야요. 우리 집으로 또 들어올 것을 동생 말을 들어보고 결정하겠다고 이모께서 말했다고 편지했다는데 그것은 빨간 거짓말이니 믿지 말라고 했지요. 서울 다녀온 얘기부터 이민을 가도 어머님은 남으신다지만 이왕 이렇게 된 일 언니라도 빨리 따라갈 수 있게 되었으면 좋겠던데 그것도 뜻대로 빨리 안되는 모양이더라고요. 그리고 이모부께서 박사학위를 얻는 데 대한 칭송과 정희 도미(渡美) 시 기별하면 서울까지 나가겠다고 약속하고 온 얘기까지 써 보냈답니다.

오늘은 비교적 푸근해지는 것 같으나 대설(大雪)이 며칠 남지 않았으니 이제 몹시 추워질 겁니다. 부디 아희를 다리고 조심하시기 빌고 바라며 이만 줄입니다.

1964년 12월 2일

교장댁에서

당신의 남편

3장 1965년 3월 2일~1966년 11월26일

쓸쓸한 철원에서의 생활이 4년쯤 지나가고 있을 때 우리 식구들은 한 해에 세 명이 초중고를 졸업함과 동시에 상급학교로 진학했으며 한 명이 집을 떠나 기숙사로 가게 되는 등 번잡한 성장을 하고 있었다. 우리는 아버지의 부재로 인해 스스로 성장했다고 자부하고 있었으나 아버지의 편지를 들여다본 순간, 그것은 우리의 자만이었고 아버지의 어머니에 대한 사랑과 자녀에 대한 세심한 배려와 관심이 우리에게 스며들어 있었음을 이제야 알게 되었다.

자녀를 위해
모든 것을
참고 이겨나가야

선희 엄마께

엊저녁 막차로 무사히 임지에 돌아왔습니다. 기간(其間) 학교도 별일 없고 오늘 아침 신학년도 시업식(始業式)도 거행되었지요.

서울 악기점에도 들렀는데 문제 조(条)를 반환하려니까, 너무 그렇게 까다롭게 생각지 말고 여비에 보태 써 달라는군요.

벽장에서 없어졌다던 130원 조 수첩 갈피에 들어 있더군요. 정직한 수원(秀元)이를 고연히 의심한 것이 퍽 죄스럽게 됐어요.

수첩 사이에다 정중하게 넣은 것은 지나치게 찬찬한 당신이면서도 잊고 알려 주지 못하여 생긴 일이니 당신이 수원이에게 톡톡히 사과해야 할 겁니다.

인사 시기니 특히 대인관계에 주의하여 주시기 바랍니다. 현명한 당신에게 별말을 다 하는 것 같습니다만 같이 있지 못하는 입장에 서고 보니 그런 것까지도 고연히 염려가 되는군요. 김우영씨(金宇榮氏)는 한번 찾아 됐든 안됐든 힘써 주신 것만은 사실이니 인사 올리는 것이 좋을 것 같군요. 당신이 알아서 좋도록 하세요. 불평은 절대 하지 않도록 합시다. 박(朴) 장학사 부인께는 최과장(崔課長)에 대한 말, 김상철(金相鐵) 부인께는 여러 가지면 특히 조심 있기 바랍니다.

이곳에 일 년 더 있을 각오하면 그만이 아니오.

여러 가지 오해를 받고 있다는 말 정말 기분 좋지 않아요.

무사히 돌아왔음을 위선(爲先) 알릴 뿐입니다.

내내 안녕히 있기 빌면서.

1965년 3월 2일

철원에서

성득

선희(善姬) 엄마께

집 떠난 지 3일째 되는군요. 별일들 없겠지요? 집에 머무른 시간이 너무나 순간이었기 때문에 다녀온 것 같지 않아요.

1시 30분 합승 편으로 무사히 돌아왔답니다. 예상대로 차창 밖으로 벌어지는 경치는 아름다웠습니다. 상전(桑田)이 벽해(碧海)된

광활한 춘천호를 바라볼 때 그 속에 말없이 잠긴 낮익은 거리 마을들이 안타깝게 회상도 되고요. 산천(山川) 경개(景槪)가 수(秀)한 신포(新浦), 사내 간을 달릴 때는 마치 금강산 유람이라도 하는 기분이었어요. 다목(多木) 김화(金化) 간은 첩첩산중, 민간 통로는 허용도 돼 있지 않은 지역의 고갯길을 운전사에게 운명을 맡기고 지날 때의 기분이란 위험감을 넘어 스릴이 있어 좋았다고나 할까요. 6시경에 가서야 이곳에 왔으니 버스보다 별로 단축되는 것 같지도 않고 더구나 먼지 때문에 한번은 구경차 탈 필요가 있을지 몰라도 굳이 탈것은 못 되는 것 같아요.

학교에 돌아와 보니 도에서 손님이 와 있더군요. 대접해 보내니 관리국장께서 또 오시지 않아요. 손님 치러 보내느라고 2일간을 바삐 보내고 이제 펜을 들었답니다.

고등학교 입학식을 15일 할 예정이었으나 생각대로 되지 않는 점 있어 연기하였답니다. 20일경에나 하게 될지요.

에비오제라도 한 통 사다 두고 계속 음용(飲用)해서 식욕을 돋우어야 하지 어떡해요. 당신 몸이 허약해지는 것 생각하면 입맛이 다 달아나는 것 같아요.

부디 건강에 주의하시기만 기원하면서 이만.

1965년 3월 11일

철원에서

성득

성희와 부모님 그리고 선희(1977년).

선희 엄마께

소식 반갑게 받았습니다. 별일들 없다니 참 고맙군요.

나도 무사히 지내고 있으니 안심하세요.

성희가 불평이 많다고요? 왜 안 그러겠소. 여식(女息)의 연령이 그런 때가 아니오. 잘 이해시켜 나아가야겠지요. 나무라지만 마세요. 남과 같이 못 해 주는 것만도 측은한데. 광희(光姬)는 혼자서 통학이 되는지요? 수곤이는 정신 바짝 차리라고 항상 격(檄)해 주시기 바랍니다.

교육회원 증명서류 동봉했습니다. 광희 반(班)을 몰라서 1반으로 기입했으니 틀리면 고쳐서 내도록 하세요.

20일이 고등학교 입학식이랍니다.

개교와 더불어 하는 것이기 때문에 색다른 준비가 있어야 해서 좀 바쁜 편이랍니다.

예정대로 25일경 연구학교 교장회의가 있으면 그때나 뵙게 되겠지요.

두고 온 10,000원은 아무래도 도로 돌려보내야 입장이 좋겠으니 그대로 보관하시기 바랍니다.

다음에 또 쓰기로 하고 오늘은 이만 줄입니다.

1965년 3월 17일
철원에서
성득 보냄

선희 엄마께

8시 40분 차를 타기는 하였으나 자리를 잡지 못하여 고생을 좀 하였지요. 서울에 와서 예정대로 장(張) 서무 혼례식에 참여하고 저녁 차편으로 귀임(歸任)하였답니다. 학교도 기간(其間) 별일 없었으니 안심하세요. 교사들이 부임치를 않아 교육 운영에 지장은 있으나, 당분간 문제겠지요. 방금, 고등학교 영어 교사가 막 부임해 오는군요.

오늘 아침은 예(例)의 댁에 가서 식사하였답니다. 아무래도 당분간은 그대로 하는 수밖에 없을 것 같아요. 15일 당신이 올 때까지 이대로 지나다가 당신과 의론(議論) 끝에 자취를 하게 되면 하고요.

아희들 교육을 위해서 적당히 다루는 것은 좋으나 너무 지나치게 볶지는 마시기 바랍니다. 억지로 되는 것은 아니고 오히려 기를 죽이게 되면 곤란하니까요. 성희(聖姬) 생활관 생활은 되도록 후로 미룰 수 있으면 어떻게 돈을 좀 마련해 보도록 할게요.

우리 인사문제(人事問題)에 대해서는 박교장(朴敎長)님 보고라도 너무 무리하게는 추진하지 않도록 하라고 하세요! 양덕(陽德)이라도 보내달라고 하였다니까. 정말 하루도 더 못 있겠어서 그러는 것으로 알고 너무 서두르다가 여론(輿論)거리가 되어도 곤란하니까요. 우리가 좀 더 인내하면 되지 않겠어요? 3년이나 참을 수 있었는데 몇 개월이나, 최악의 경우 일 년쯤이야 말입니다. 나는 보통이지만 당신이 아희들 다리고 쪼들리는 생각을 하면 1각(刻)이 바쁜 문제이긴 합니다만 그거야 우리 사정이 아니겠소. 그 사람들이 무엇이 바쁜 것 있겠느냐 말입니다.

환절계(換節季) 부디 건강에 유념 있기 부탁하고 이만 줄입니다.

1965년 3월 30일

철원에서

성득

선희 엄마!

보내신 편지 반가이 받아 보았습니다. 몸살이 오는 것 같다더니 어떠신지 궁금합니다.

항상 옆에 있으면서 여러 자녀와 박봉 살림에 시달리는 당신을 위로 못 하는 남편의 입장이 새삼 안타깝고 부끄러울 뿐입니다. 자녀의 밑거름이 되기 위해서 모-든 것을 참고 이겨나가자고 벌써 당신과 같이 결심한 일이지만 그렇게 몸이 편안치 못해 쓸쓸히 누워 있을 당신을 생각할 때 못 견디게 마음이 아파요. 어머니날 학교에 안 나가셨다구요? 왜 안 나가요? 바람도 쐬고 자꾸 다녀요. 이렇게 좋은 계절에는 방에만 있는 것보다 다닐 수 있다면 얼마나 더 좋겠어요. 심신의 건전을 위해서. 그리고 성희의 격려를 위해서.

광희 소풍 같던 곳이 어딘데 그렇게 좋아요? 다음 귀가 시 한번 꼭 가족 야유(野遊) 나갑시다.

이곳은 별일 없으니 안심하세요. 소풍도 마치고요. 날씨가 좋아서 참 다행이었지요. 술은 많이 안 마셨어요. 선생들보다 먼저 돌아왔지요.

일요일은 사단(師團) 체육대회에 안내를 받아 갔었답니다. 비가 상당히 나리는데도 중단하지 않고 전(全) 계획을 강행하는데 군(軍)으로서의 특징이 엿보이더군요.

교감이 회의에 갔다가 오늘 돌아왔군요. 전반(全般) 행정지도 결과, 도내(道內) 중고등학교 중 1교(校) 철원중학(鐵原中學)과 교육청 중 강릉시를 교육감 명의로 표창하였다나요. 상장을 가지고 왔어요. 도(道) 장학 방침을 위해 학교장 이하 전 직원이 합심 노력하고 있으며, 학생 실력 향상과 환경미화를 위한 계획이 잘되어 있다는 내용인데, 일전 상도시(上道時) 최과장(崔課長)께서 표창 내신 하였다는 게 아마 이거였던 모양이지요?

15일께나 집에 들러 17일부터의 서울 회의에 참석할까 합니다. 운동선수가 10여 명 될 것 같은데 아직 확정 못 지었으니, 되는 대로 여관 알선을 당신께 부탁할까 합니다. 후 다시 연락하도록 하고 안녕히 계시기 빕니다.

1965년 5월 10일

철원에서

성득 씀

희화(姬華)님

당신이 다녀간 지 벌써 5일이 지났군요. 요번에는 오셔서 10여 일이나 계셨으니 보고 싶고 그립던 차라 마음껏 보고 복되게 지냈으련만 당신을 실은 버스가 떠나는 순간부터 오히려 더 쓸쓸하고 그립기만 하니 웬일일까요?

안착(安着)하셨다는 편지 받고 그간 집도 별일 없었다니 안심은 되나 그 무엇인가 한구석에 도사리고 있는 안타까운 마음은 풀리질 않아요.

하기야 그처럼 그리워 만난 부부니 그럴 수밖에 없는 것이겠지만 정말로 당신은 나의 행복의 영원한 샘터임이 세월이 쌓일수록 더한층 느껴져요. 부디 나의 행복을 위해서라도 몸 좀 아껴주세요. 식사 좀 많이 하시도록 잊지 말고 유념하세요.

나는 쓸쓸한 대로 여전히 지나고 있습니다. 14일 날은 김(金) 교육감께서 본군(本郡)에 시찰을 오셨댔지요. 본교에도 들렀다가 16일에 돌아가셨다오. 아주 민망스러울 정도로 칭찬을 하고 갔답니다. 학년 초에 옮겨 놓으려다가 지방에서 1년만 더 두어 달라는 요청이 있어 그냥 두고 있는 것이라고 제3자들 있는 자리에서 말하지 않겠어요. 좀 민망스럽더군요.

수곤(秀崑)이는 입시 준비 열심히 하고 있겠지요? 보람 없는 긴 시간보다는 짧은 시간을 보람지게 보낼 수 있도록 짭짤하게 노력하는 형(型)이 되어주길 바란다고 전해 주시오. 대기만성(大器晚成)

이라고는 하였습니다만 이것도 역시 자기에게 주어진 시간 시간을 그 누구보다도 효과 있게 활용하면서 쌓은 긴 시간이 큰 인물로 길러주는 것이겠지요. 당신도 항상 말하고 있듯이 우리 아희들은 못하지는 않는데, 1등은 못하니 말입니다. 다시 말해서 소질은 있는데 의지적(意志的)이지 못한 것이 탈인 것 같아요. 꾸준하고 철저하지를 못하다는 말입니다. 그러니 어쩌란 말이냐고요? 억지로야 안 되는 것이겠지요.

그러나 자신을 냉철하게 알자는 것입니다. 그래서 스스로 이런 단점을 고치도록 공동 노력해 보자는 것입니다. 아직 못한 걸 이제 언제 하느냐고요?절대로 늦지 않았다고 생각합니다. 문제는 깨닫는 데 있는 것이 아닐까요? 깨닫고 스스로 한다면 10년에 할 일 5년간에도 능히 해낼 수 있다고 봅니다.

29일께 귀가하라고요? 그때까지 어떻게 참으렵니까? 그 안에 한번 다녀오도록 하겠습니다.

오! 하느님이시어! 저의 가족에게 내내 복된 빛을 내려 주시옵기 기도하옵니다.

1965년 6월 18일
철원에서
성득

선희 엄마! 지금 막 편지 받아보고 이 글을 씁니다. 학생들이 월말고사 치르느라고 유달리 조용한 분위기에 쌓인 교장실에 홀로 앉았노라니 서무실에서 반가운 당신의 소식이 담긴 봉투를 전해 주는군요. 참말 기뻤어요. 수천(秀天)이가 왔었다구요? 처음 온 걸 무슨 선물도 못 해 주었겠지요?

사명산(泗明山) 약수(藥水) 얘기가 나오니 그 옛날 홍안(紅顔) 시절이 되살아나는 것 같군요. 사범학교(師範學校) 5학년 시절에 수덕(秀德)이들 다리고 가서 15일간 자취하며 놀던 자미(滋味)스럽던 일. 그리고 이듬해 봄에 지금 춘천에 사는 박선모(朴善模, 동기생)를 데리고 가서 7일간 지내던 일. 그러니까 23세 때군요. 어저께 같은데 벌써 22년 전 옛일이고, 벌써 세대는 바뀌어 이성득(李聖得) 2세가 그 터를 찾게 되니 그야말로 인생일장춘몽(人生一場春夢)이군요.

그때는 유람객도 많고 여관 시설도 좋았지만 지금은 어떤지요.

신옥철(申玉撤) 씨가 장담하더라는 거 얘기나 해 보았는지요? 얘기해 보았댔자 별도리는 없겠지만 그래도 그들의 생각이라도 알 수 있을 것인데 말입니다. 일전 교육감 내철시(來鐵時) 어떤 유지(有志)가 내 공(功)을 P.R 하면서 다음 기회에 춘천으로 가야 한다고 하니까, 그러지 않아도 금년 봄에 어디로 옮기려고 했는데 지방에서 일 년만 더 두어 달라는 요청이 있어 못했노라고 대답하데요.

할 말이 없던 모양이지요.

당신 떠난 후 2일간 무섭게 설사를 했답니다. 굵고 마이신을 사다 먹었지요. 지금은 완전히 나았어요. 두부와 콩나물 사다가 고추장 국 지져 한술 말아 먹고 나가지요. 그래도 그저 내 맥대로 사니 좋습니다. 일요일날은 이씨(李氏)더러 물을 한 통 져 오라고 해서 러닝과 팬티, 양말을 빨았다오. 소낙비가 쏟아지는 바람에 두 번 빤 셈이 됐지요.

아희들이 강물에 나가는 것은 참 좋은 일인데 조심스러워 불안하군요. 큰 아희들을 딸려 보내는 것이 안전치 않을까요?

26일 오후 차(車)로 귀가할까 합니다. 27일이 일요일이니 28일부터 출장하면 좀 더 당신 곁에 있을 수 있지 않아요. 서울로 돌아가려고 하는데 기타를 줄는지 모르겠어요. 안 주면 여비로라두 사야지요. 성희 시계도 사주고 싶고 정말 야단이야.

당신이 약속하자는 절주(節酒), 나도 항상 생각하면서도 의지가 약해서 그런지 기분 나면 고개를 자꾸 넘게 되는데 다 수양이 부족한 탓이겠지요. 그런 방향으로 최대한 노력하도록 하겠습니다.

자세한 이야기 만나서 기껏 합시다.

안녕

1965년 6월 22일

선희 아빠

제21회 교육감기 교직원 테니스 대회. 앞줄 왼쪽에서 세 번째가 아버지(1993.7.27).

제14736호
1997년 7월 11일 금요일

생활건강

"25년 테니스… 활력 넘쳐요"

李聖得 씨(78)
〈대한삼락회 道지회장〉

25년째 테니스로 건강을 다 져오고 있는 대한삼락회 李聖 得(이성득·78·춘천시온의동 금 호아파트 3동1105호)강원도지 회장.

李회장은 72년 춘천여자중학 교에서 교장으로 근무할 당시 몸에 지쳐 늦게 일어나곤 했으 나 젠지 자녀들에게 좋지 않은 모습을 보이는 것 같아 일찍 일어나기로 결심, 「5시클럽」이 라는 테니스클럽을 조직하고 매 일 오전5시에 일어나 테니스를 치기 시작했다.

이러한 李회장의 노력이 있 었던지 큰아들은 포항제철 포 스코개발이사로, 둘째가 대림 산업 원주공장장, 셋째 아들은 현손전자에서 서기관으로 활동 하는 등 7남매 모두 서울의 명 문대를 졸업하고 각계 각층에 서 활약하고 있다.

「아들들이 서울에서 살 때는 일요일마다 몰아닥쳐 의암댐의 수돗 떠오지만, 자녀교육은 가 정에서 부터 시작되고 특히 아 버지의 모범이 매우 중요합니 다.」

자녀를 교육과 자신의 건강 관리에 모두 성공한 李회장의 요즘 하루시작은 오전5시30분. 춘천종합운동장에서 멘손제 조와 테니스 기본동작으로 간 단히 몸을 풀고 난뒤 예30분을

매일 새벽 2시간씩 코트 누벼
왕성한 사회활동 "건강 윤활유"

스럽럼회원들과 예 2시간동안 게임을 하며 8년여 건강을 두 의를 다져오고 있다.

李회장의 테니스 실력은 수 준급, 78년 청주에서 열렸던 문교부 주최 전국교직원테니스 대회에 당시 남강국 교육감 최 겸

재하 강릉교육장 이종세 학무 국장 윤재원 김갑순 교사들과 참가, 전국우승을 차지하기도 했다.

올 1월 뉴욕의 아들집을 방 문할 때도 테니스라켓을 들고 가 거래들은 물론 공항근무자 들까지 테니스를 사랑하는 李 회장의 모습에 놀랐다고 한다.

李회장의 또다른 건강비결은 적극적인 사회활동이다.

대한삼락회도지회장, 설수고 등학교 이사, 청소년지도위원 등을 맡고 있는 李회장은 매일 오전10시면 집을 나와 삼락회 사무실을 들러 행사를 점검 하고 사람들을 만나 이야기를 나누는 규직적인 생활을 한다.

또 1주 2일에는 속초 대명콘 도에서 일원 강원도청소년지도 연합 하계수련회에 참가하는 등 적극적인 사회활동도 하고 있다.

부인 張順華(장순화·72)씨와

단들이 살고 있는 李회장은 「금정적인 생각을 가지고 현실 에 감사하는 마음으로 살아가」

는 것이 건강을 유지하는 기본 조건」이라고 했다.

〈金聖和기자〉

올해 78세 인 李聖得회 장은 매일 아 침5시에 일어 테니스를 치며 건강한 삶을 유지하 고 있다.

강원일보에 소개된 아버지 기사(1997년 7월 11일자).

희화님께

떠난 후 별일들 없는지요? 울타리를 못 하고 와서 왜 그런지 마음이 개운치 못합니다. 예(例)대로 문만 걸어매고 자면 절대로 걱정될 건 없을 것이니 너무 불안해하지는 마시기 바랍니다.

나는 예정대로 서울로 해서 무사히 돌아왔습니다. 그간 학교도 무고하니 다행인 줄 압니다. 김석기(金錫基) 장학사를 차중에서 만나 서울까지 동행 했답니다.

자격증 관계가 완전 해결됐다는 전화가 문교부로부터 강원도로 걸려 왔더라나요. 아주 문교부에 들러서 가지고 가자는 것을 점심값도 없고 해서 당신이 그냥 찾아다 도(道)에다 두어 두라고 하고 그냥 철원으로 오고 말았습니다.

우의원(禹議員)이 제주도까지 여행 갔다 왔다나요.

전반(前般) 회의시(會議時) 학무국장을 만나 또 한 번 이교장(李校長) 문제 책임지라고 했다나요.

국장 말이 생각하고는 있는데 적당한 학교가 있어야 하지 않느냐고 염려를 또 하더래요. 그래서 춘천으로 정 안 되겠으면 홍천도 좋지 않겠느냐고 그랬다나요. 이제는 하도 지쳐서 매사가 시들해졌어요. 말로는 세상이 다 동정을 하는 것 같은데 실속이 있어야지요.

강릉에서 율곡제가 15, 16 양일간에 걸쳐 있습니다. 각 교육장, 중고교장은 필히 참석하라는 교육감 지시니 아마 가야 할 것 같습니다. 따라서 운동회는 13일로 당겼답니다. 14일에 강릉으로 갔다가 17일경 집에 들를까 합니다. 따라서 13일 내철(來鐵) 약속은 변경하시기 바랍니다. 11일로 당기거나 그렇지 않으면 연기하는 것도 좋겠지요. 여비가 웬만했으면 11일경 왔다가 13일 운동회나 치르고 14일 같이 강릉으로 떠났다가 17일경 춘천으로 돌아왔으면 얼마나 좋은 여행이 될 수 있겠습니까마는 당신의 건강 관계도 염려되고, 하여튼 여비조는 나로서는 다소 빚을 지는 한이 있더라도 희망하는데 당신 형편으로 잘 생각해봐서 결정짓도록 하시기 바랍니다.

내내 아희들과 함께 행복한 마음으로 지내주시기 빌며 이만 줄입니다.

1965년 10월 7일

철원에서

성득

별고들 없는지오?

나는 별일 없이 연수회에 참여하고 있으니 안심하시오. 떠나던 날 아침에는 큰 기합을 받았다오. 합승정류장까지 부지런히 나와보니 역전까지 나오는 차가 없지 않아요. 아직 일러서 없는 것으로 알고 역까지 걷느라니 시간은 없고 해서 반길은 아마 마라톤을 했을 거야요. 4시 5분까지 대긴 댓지요. 그런데 열차시간은 5시 출발이 아니겠어요. 괜히 뭘 밑진 것만 같은 게 기분이 좋지 않더군요. 8시에 서울 착(着). 여관에서 세수하고 연수장에 가니 정 주사가 와 있지 않아요. 토요일날 물품구입차 상경하였다나요. 봉급을 가지고 왔더군요. 토요일날 가지고 가겠읍니다. 무우 얘기는 하지 않았읍니다. 서울은 정말 무우 배추가 싸요. 180원. 여관에서. 끝 마치렵니다.

　안녕

1965년 11월 17일

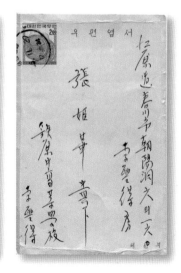

별고들 없는지요? 지난 26일은 유달리 날씨가 차서 속으로 염려를 많이 하였답니다. 25日은 여학교 연구수업 관계로 김장을 못한다 하였으니 말입니다 당신 솜씨의 폭짠지 맛 생각만 하여도 구미가 도는군요

올때는 오-바이트 관계로 아주 불편한 여행이었답니다. 무사히 돌아와 연구발표회도 성공적으로 끝냈지오 최(崔) 과장께서 임석(臨席), 과거 보지 못한 좋은 발표였다고 격찬하더군요

전달 강습 준비나 하면서 만날 기회를 기다리렵니다. 식사가 불편하나 3년간 인내성을 믿을수 밖에요. 냉한(冷寒) 닥쳐오는데 부디 안녕들.

강원도 춘천시 조양동 6의 160 이성득 방 장희화 귀하

서울시 종로구 6가 112번지 성업여관 3호실 이성득 보냄

1965년 11월 29일

선희 엄마께

3일날 보내신 서신 5일날 받아 보았습니다. 금반(今般) 편지는 별로 빨리 온 것 같아 더욱 반가웠답니다.

혹한이 닥쳐왔지만 김장도 끝마치고 무사히들 지낸다니 이제 안심이 되는군요. 실은 일전 편지에 목욕을 갔다 왔어도 당신 몸이 가볍지 않다 해서 은근히 걱정되었는데 말입니다. 수달이, 수원이, 수성이 내의(內衣)가 당장 마땅치 못한 것을 보고 왔더니 날씨가 추워지니 자꾸 마음에 걸려요.

나는 별일 없이 지내고 있으니 안심하세요. 말일(末日)이 중학 입시일입니다. 금년도는 정원보다 좀 많아서 유시험(有試驗)으로 하다 보니 바빠지는군요.

14일부터 전달강습(傳達講習)이 시작됩니다.

14일이 철원, 16일에 양구, 18일이 화천, 20일이 춘천으로 계획돼 있군요. 그러니까 14일 철원을 하고 양구로 가는 길 집에 들를 수 있겠지요. 12월분 봉급은 그때 전하도록 하겠습니다.

무우는 3가마 정도 된다고 합니다. 실습지 가운데다 묻어 놓았군요. 요번에 그것도 가져갈 수는 없을 것 같군요. 빨래 보따리가 있을 것이니 말입니다. 날씨가 너무 차서 여러 가지가 다 불편한 것만 같아요.

식사는 여전히 매식을 연속 계속하고 있는데 며칠 남지 않았으니 이렇게 계속할 수밖에 없을 것 같아요.

도당(道黨) 개편 일자는 아직 미정인가요? 신문상(新聞上)으로 보니 경향각지(京鄕各地)에서 요란한데 당신께서는 편지에 아무 말도 안 썼으니 말입니다. 원내(院內)에서는 단일 입후보라는데? 그래도 김우영씨(金宇榮氏)가 자신이 있는 건지오?

김재순씨(金在淳氏)는 분과위원장 출마 관계로 강원도로는 안 나올 것이라더니 어떻게 되는지요?

수곤이도 여전히 열심이겠지요? 연세대학도 어렵다는데 어떻게 되려는지요. 그러나 절대로 무리는 시키지 마세요. 꼭 대학을 나와야 살 수 있는 건 아니지 않아요? 자기 분(分)에 맞게 살면 되는 거 아닙니까. 그게 제일 마음 평안하지 않아요? 그만하면 수곤이로서는 최선을 다 한거니까 말입니다. 남은 문제는 운명에 맡기는 거지요. 자세한 것 만나서 얘기토록 합시다.

안녕(安寧)

1965년 12월 5일
철원에서 성득

11시 20분발 차로 서울 경유 무사히 귀임(歸任)하였습니다. 학교도 별일 없으니 안심하세요. 없는 사이에 여(女) 장학사가 학사시찰차(學事視察次) 다녀갔군요.

가정과(家庭科) 교사의 수업이나 여교사로서의 몸가짐이 못마땅해 갔다는군요. 이대(梨大)를 나왔고 당(党)의 부탁이고 해서 갖다 놓았는데 그 모양이니 어떡하오. 평소에 그런 줄 알면서도 온 지도 얼마 안 되고 해서 적당한 기회를 보고 있었던 터인데 말입니다.

내가 자리에 없는 것을 퍽 궁금하게 생각하더랍니다. 춘천에 갔다고 하니까 자기가 만났을 터인데 못 봤다고 하면서 금요일에 돌아온다고 하니까 내일이 토요일인데 간 길에 쉬고 일요일쯤이나 오지 않겠느냐고 그러더래요. 오는 길에 버스에서 들은 여론(輿論)이라면서 교장 선생께서 춘천중학(春川中學)으로 가신다던데 어찌 된 거냐고 묻더래요. 그래서 직원들이 우리는 모르는 일이고 우리가 여기서 듣기는 김병오(金柄五)나 과(課)에서 누가 나온다던데요 하고 반문하니까 김병오는 연구수당이 10,000원씩이나 올라서 안 나온다더라고 그러더랍니다.

자리를 빈 것이 운동이나 하러 간 것처럼 의심하더랍니다. 자기 남편이 춘중(春中) 교감이라서 그런지 자기 말대로 이곳에 와서 풍문에 듣고 하는 말인지 여하튼, 특별한 관심을 갖고 묻더랍니다. 김병오와도 특별히 가까운 편들이지오. 말 많은 세상이니 부디 말조심하시기 바랍니다.

화천(華川) 위문여행은 무사하였는지오?

당신의 연령이라든가 인생 제만사(諸萬事)가 퍽 능숙하여져서 하시는 일들이 훨씬 믿음직해진 것은 사실이면서도 이렇게 떨어져 와서 생각을 해보면 그래도 여자의 몸으로 혼자서 수고하는 모든 일들이 안타까이만 여겨져 조바심이 나요.

신입생 등록을 마감한 결과 25명 정도가 미등록이야요. 그래서 24일까지 연기 조처했습니다. 조건부로 통고(通告)를 냈지오. 그 이후는 보결생(補缺生)으로 충원하겠다고요. 교육원 직원 자녀들은 예(例)대로 전액 면제하기로 하고요. 수원이 등록조(登錄條) 기일 내에 하도록 재직증명 동봉하였습니다. 여분(餘分)이 생기거든 수달이 때 사용토록 하세요.

서무가 연가(年暇) 일자가 지났는데도 돌아오지 않는군요. 대여장학금(貸與獎學金) 조(條) 아직 미해결입니다.

어제도 그저께도 술자리가 벌어졌답니다. 그러나 과음 안 했지요. 당신 말대로 가족들을 머릿속에 그리면서 조심하니까 좀 나아지는 것 같아요. 이대로 나가면 자신 있으니 안심하세요.

24일에 방학은 하지만 연말결산 관계가 있고 하니 귀가는 좀 늦지 않을까 합니다. 가급적 빨리 가도록 노력하겠습니다.

내내 안녕들 하시기 빌면서 이만 줄입니다.

12월 19일 낮

철원 성득 드림

9시 40분발 서울행 급행 버스를 타고 11시 50분에 서울 착(着) 12시 철원발 버스로 신철원(新鐵原)에 오후 2시에 도착하였답니다. 학교에 전화를 거니 관리국장께서 다녀갔는데 이렇게 최전방까지 두 번씩이나 와도 없다고 매우 섭섭해하더라지 않아요.

그래서 이곳에서 오후 4시 반까지 기다리다 여관에서 만나 뵙고 사실을 얘기하고 사과를 했지요. 용건의 내용은 물론 전연(全然) 모르고 있더군요. 윤동삼(尹東三)이가 나가겠다고 한 것도 모르고요. 인사계장(人事係長) 자리면 그만이지 왜 거절했느냐고 나무라지 않아요? 그래 또 가족과 떨어져 홍천을 가겠느냐고요. 아동들 교육 문제 때문에 별 방법이 없노라고 했더니 부인이 예쁘장하니까 너무 달라붙어서 많이 만든 것 아니냐고 농담을 걸지 않아요? 멋지게 받아넘겼지요.

아마 당신이 미안해서 관리국장실로 찾아가서 인사할 것이라고 했더니 오면 한바탕 야단을 하겠대요. 그러면서 학무국장이 야단을 해야 쩔쩔매지 내가 야단하면 눈도 깜짝 안 할거라나요. 그래서 내가 그럴 리가 있겠느냐고요. 당신이 국장님을 큰 빽으로 믿고 있노라고 했더니 웃어대더군요.

이 글 받는 대로 한번 찾아가 보세요. 그리고 학무국장실에도 들러 인사하세요. 정말로 염려해주셔서 고맙다고요. 당신 생각 같아서는 아희들을 대학에 못 보내는 한이 있더라도 이렇게 염려해주시는 기회에 꼭 들어오라고 했는데, 저렇게 해놓고 가서 참 딱하다고 하면서 듣기 좋게 하세요. 철원을 꼭 떠나야 한다면서 자기도 딱한 지 2일 밤을 그냥 고민만 하다 갔다고요. 올겨울을 또 자취를 해야 할 판이니 어찌 그러지 않겠느냐고요.

홍천을 말했다지만 그리로 이사해 갈 수도 없고 꼭 춘천으로 와야 하니 그리해 달라고 감정 사지 않을 정도로 떼를 쓰세요. 그리고 박(朴) 교장 가족과 김우영씨 가족과도 서로 알리고 의논해 두는 것이 좋을 것 같아요. 내가 의논도 안 해 보고 단독으로 거절해버리고 온 것도 아무래도 의리를 못 지킨 것 같아요.

관리국장이 철원에 나갔다고 해서 하룻밤을 자고 첫새벽 떠나느라고 의논의 말씀도 못 드리고 그렇게 하고 떠났노라고 하세요. 정주사(鄭主事)께는 사실대로 얘기를 했지요. 그랬더니 그것은 천 번 잘못했노라고 이제라도 번의할 수 있으면 그리라고 야단이 아니야요. 그래서 앞으로 춘중(春中)이나 중등교육과장으로 운동을 해야겠다고 큰소릴 쳤지요. 그때는 나가는 대로 당신도 다리고 가겠다고 했더니 좋아해요.

새삼스럽게 결심을 하고 오기는 했지만 내일 아침부터 밥 지을 생각을 하니 따분해지기만 하는군요.

오자마자 학교에 들렀다가 정주사 하고 나와 용탕으로 가 저녁하고 돌아와 청소하고 세수하고 이렇게 안절부절하며 쓰다 보니 벌써 12시 30분이 되는군요. 우선 안착(安着)의 소식만 전하고 이만 주립니다.

식사 많이 하시고 얼굴 좋아지셨다가 만나는 날 선물로 보여 주세요. 꼭 약속합시다.

5일 밤
사택방에서 성득 씀

공지천에서 수곤, 광희, 선희, 수천(1971년).

선희 엄마께

별일 없이 지나고 있다니 고맙습니다. 수곤이가 열등감에 사로잡히지 말고 칠전팔기(七顚八起)의 정신으로 꾸준히 노력해서 명년(明年)에야말로 보란 듯이 소망하는 학교에 입학되어야겠는데 그런 의기(意氣)가 보이는지요?

성동역(城東驛)에서 당신을 보내고 쓸쓸한 마음으로 여관으로 돌아왔지요. 3숙박(宿泊) 하고 귀교(歸校)하였답니다. 김재순(金在淳) 의원이 상당히 반가워 하더군요. 전반(全般) 춘천에 갔을 때 당신께 신세를 많이 졌다고요. 그리고 부탁 건은 자기의 있는 힘을 다해서 노력하겠다고 약속하였답니다. 이(李) 교장 선생이 하시는 일인데 적극 힘쓰겠다면서, 철원에 붙들고 있는 것만 해도 미안한데 그런 거조차 못 봐 드리겠느냐고요. 누가 압니까? 결과를 보아야지요. 정치인들의 제스추어니까요.

중학교장 15명 이동이 발표되었군요.

신문에서 보셨는지요. 예상했던 대로 3학급짜리 교장들만 서로 바꾸어 놓았군요. 6학급짜리가 몇 군데 있고요. 고등학교도 내신(內申) 되었는지 모르겠습니다. 1년 또 있으려고 마음 정하고 보니 안정은 됩니다만 그래도 혹여나 당신 곁으로 하는 요행을 걸어보게 되는군요.

6개월 강습 관계는 그들의 의중인물(意中人物)이 아닌 줄 알면서 그들 앞에 지싯대는 것이 자존심상 허락지 않아 문교부에 들르는 것도 중지하고 말았답니다. 1년에 하나씩이니까. 내년에는 틀림없 겠지요.

가대등기(家垈登記)는 4월분 봉급 가지고 하도록 합시다. 인상분 이 해결되겠지요. 대원(大源)이 것을 일부만 갚고라도 해야겠지요.

매사가 때가 있는가 봅니다. 실제로 또 우리가 너무 분에 넘치는 욕심을 부리는 건지도 모르고요? 너무 상심 마시고 아희들께도 너 무 기죽이지 않도록 길러 주시기만 바라고 특히 당신의 몸 잘 돌보 세요. 내 처지로서 제일 싫은 것이 무엇이냐고요. 당신의 몸 허약해 지는 것, 당신의 몸 늙는 것이랍니다. 집에서는 아희들이 걸려서 안 되니까 시장에 나가는 기회에 가끔 들러서 영양섭취를 좀 하세요. 당신은 정말 식량(食量)이 너무 적어서 항상 걱정이야요. 자기 몸 자기가 돌봐야지 어떻게 합니까?

연사(演士) 강습은 언제쯤이 되는지요. 통지 있거든 알리세요. 서 울까지 나가겠습니다. 학비감면(學費減免) 서류 동봉합니다. 주민 등록초본을 동회에 가서서 해다가 하나씩 첨부하세요.

여고분(女高分)은 호적초본이라고 되어 있는데 이것도 주민등록 초본이면 되지 않을까요?

내내 안녕들 하시기 빌며 이만 줄입니다.

1966년 3월 21일
이성득

희화님께

일전에도 편지 받고 회신 못 하여 미안합니다. 무고히 지내고들 있다니 고맙습니다.

이곳에서도 여전히 보내고 있으니 안심하세요.

당신과 이별한 지 불과 2주일밖에는 안 되는데 별(別)로 집 생각이 나서 마음이 괴롭더니 요즘은 한이 삭았는지 조금 나아지는 것 같던 차에 당신의 편지 받으니 마치 식구들과 한자리에 한 것 같은 기분이 나는군요. 2일간이나 연휴고 해서 토요일에는 귀가할까도 했으나 여비 문제도 있고 또 너무 학교를 비우는 것 같아 그만두었습니다. 마음도 적적하고 해서 시가(市街)에 나갔다가 수리조합 윤참사(尹參事)를 만나 점심서부터 반주로 시작한 것이 3차까지 가서 밤 12시에야 돌아왔답니다. 과음이 되어 모처럼의 일요일을 방 속에서 종일 신음하였답니다. 당신과의 약속을 어겨 미안합니다.

배추 한 포기에 40원이라나요. 100원씩 주고 이씨(李氏)께 부탁해서 짠지를 세 번 해다 먹었다오. 조그만 단지로 하나씩 되는데 미처 먹지를 못하니 시어서 고추장을 넣고 지져 먹지요. 밥 짓는 데는 선수가 되었으나 반찬 만드는 데 0점이니 탈이야요.

급여통장에 있던 잔고를 인출해서 보관하고 있습니다. 6,400원이니 집 등기수속을 완결할 것인지 2,500원 정도의 성희 시계를 하나 사고 우리 앞으로 넘기는 것을 후로 미룰 것인지?

귀가 시 당신과 의논해서 처리토록 합시다.

내년도 아희들 진학 관계를 생각하면 꼭 그렇게 해야겠어서 무리를 무릅쓰고 그러기는 했지만, 쌀값은 뛰고 너무 고액(高額)의 저축으로 생활비가 겁이 나는군요.

현명하신 당신께서 잘 운영해 나가시는 덕분으로 유지되는 줄은 알고 있지만 당신 건강에 지장이 있을 정도까지의 무리가 있을까봐 걱정스러워서 그러니 절대로 그런 무리는 없도록 다시 한 번 부탁합니다.

문현자(文賢子) 선생 결혼식이 오늘이야요. 잔치 보러 갔다 오라고 직원들이 권하지만 안 가고 축전만 쳤답니다. 고비를 넘기는가 염려하였더니 참 잘되었어요. 장호진씨(張好珍氏)도 청첩인의 한 분이군요. 문 교사와 사제간이니까 그렇게 한 모양이지요?

내일서부터(8일~13일) 가정실습이랍니다. 교감이 몸이 불편하다고 결근하고 있고 일도 좀 바쁘고 해서 6월분 봉급이나 타가지고 16일경에나 귀가할 것 같은데 어떨는지요? 그 안에라도 가게 되면 다행이구요.

신시장(申市長) 영전(榮轉)이 부럽습니까? 당신보다는 아희(兒嬉)들이 부러워하고 좀 더 결심하고 분발해야 될 줄 아는데 자각이 부족한 것 같으니 탈이랍니다. 우리야 이제 쑤어놓은 죽이 아닙니까? 우리 자신이 이룩한 운명에 만족하고 인내와 노력으로 살아 나갑시다. 우리만 못한 사람도 많고. 동기동창 중에서도 과히 보기 싫지 않은 위치에서 이렇게나마 일할 수 있다고 볼 때 과분할 정도로 고맙게 생각하고 현실에 충실하렵니다. 당신과 함께 못하는 게 그저 한이오나 추세 보아 가급적 속히 모이도록 합시다.

부디 건강에 주의하시고 아희들과 더불어 적적한 마음 달래며 즐겁게 보내 주시도록 빌고 바랍니다.

1966년 6월 7일 오후

철원에서 성득 보냄

제15회 강원도교육상 수상기념(1996.5.21).

선희 엄마께

9일 11시에 당신이 보낸 편지 반갑게 받아 보았지요. 바로 그 길로 이 편지를 씁니다. 수원이가 전교적으로 2등이라니 참 장하군요. 그러다가는 정말 일등도 하겠네요. 아희들은 많아도 1등짜리가 없어서 자랑을 못 했는데 말입니다.

광희도 지금쯤은 발표를 보았겠군요?

5일날 귀교(歸校)하는 대로 몇 자 적어 보냈는데 받으셨겠지요? 기왕 결정한 문제에 무슨 미련이오? 누가 그런 줄 모르고 한 겁니까? 둘이서 밤잠을 자지 않고 심사숙고한 후 결정한 문제가 아니오. 돈 벌고 공부 많이 하고 출세하고 싶은 욕망이란 인간의 본능이 아니겠소? 그렇지만 저마다 다 못하는 게 현실이랍니다. 우리에게는 지금 장차를 위해서 계획하고 저장하는 문제보다는 부닥치는 문제를 어떻게 처리해 나가느냐는 점이 더 각박해지고 있지 않습니까? 대고 비빌 언덕이 없는 입장으로서는 지나치게 심중(深重)할 정도로 재지 않을 수 없는 내 태도를, 용단(勇斷)이 없고 남성답지 못하다고 비웃을지도 모릅니다만 내 사정 돼 보지 않고서는 이해 못 하리라고 봅니다. 금반(今般) 문제만 해도 입도(入道) 못하는 이유가 경제 문제뿐이라고 얘기할 때 그 점에서 교장 자리보다 못하다면 못하고 났다면 났다고 볼 수도 있으나 후자(後者)는 말하지 않겠노라고 말할 뿐 경제 문제도 중요 하지요 하고, 국장께서도 그런 사정이라면 늦어서 선거 후까지는 춘천으로 될 수 있다는 태도이기 그대로 결정하고 만 것이 아닙니까? 또 교육감과도 합의된 사항이라니 교육감이라도 만났을 때 적극적으로 당신이 와서 일을 좀 해 달라든지 하면 또 기운이 날지도 모르겠는데 일절 함구니 무슨 큰 벼슬이라고 그 애매한 분위기에 뛰어들겠습니까? 이미 다 지난 일, 생각할 필요 없어요. 우리 분(分)대로 살아가는 거지요. 현실 속에서 아희들에게나 최선을 다해 보는 데 희망을 걸 뿐입니다.

박교장(朴校長)만 해도 그렇지 그날 저녁 교육감, 국장들과 같이 영화관람까지 하면서 내 얘기가 나왔다면서 그렇게 들어오는 것이 좋을 듯하면, 와 있는 줄 알면서 한번 권유도 못 해 보았을까요?

하기야 일전 편지에서도 말했지만 우선 평소에 도(道)에나 또는 나에 대한 여러 문제를 특별히 관심을 갖고 있던 것만은 사실인 박교장이나 김우영 가정에게 사전의논을 해서 의견도 들어보고 하는 것이 의리였던 것만은 사실인 것 같습니다. 내가 너무 빨리 가야 할 사정으로 그리된 것이라고 당신게서 이해시켜 주었으리라고 믿지만.

그런데 여보! 내가 정략적으로 너무 김재순(金在淳) 경(傾) 한다고 혹(或) 의심하는 눈치들이나 아닌지 모르겠어요. 도(道) 인사계장 자리는 강원도 출신이라야겠다 또는 김재순 씨와 선거나 잘 치른 다음 보자는 등 좀 알쏭달쏭한 의미 같은 얘기 조(調)가 있었더군요. 김우영씨도 일전에 당신게 앞으로 내 얘기에 대해서는 일체 얘기 안 하겠다더라면서요?

우리 사정과 입장을 너무나 잘들 아는 분들이니, 좋은 자리고 또 그것이 내게 적재적처(適材適處)라고 인정했다면 본인이 어떤 오산(誤算)에서 불응했다 해도 권유, 또는 일방적으로라도 인사조처할 수도 있었을 것이겠지요. 그렇게까지 적극적으로 나를 필요로하는 자리는 아닌 것 같았으니 잘한 거지 뭐겠습니까? 내가 못하는일 수곤이나 자식들에 가서나 꼭 해보도록 잘 길러 봅시다.

7월분 봉급을 어떻게 보낼는지요? 당신이 왔다 갔으면 좋겠는데 성희 시험이 있다니 그럴 수도 없고요. 학교 설비 관계로 정주사(鄭主事)가 그 안에 한 번 상도(上道)케 될 것 같은데 그리되면 다행이고 그렇지 못하면 내가 16일(토)날 사사여행(私事旅行) 할까요?

당신의 의견 들어 하겠습니다.

국장께서 또는 교육감도 홍천(洪川)으로 보내 달라고 할 때 갈 수도 있지만 홍천 가면 또 3년 있어야 한다고, 어찌 이사야 가겠느냐고 한 것이 퍽 동정해 주는 줄 알았는데 그런 것도 아닌 것 같군요? 와서 신문 보니 서울 경복중고(景福中高) 교장이 부정입학 사건으로 쫓겨 홍농고(洪農高)로 이미 발령되었지 않아요. 자, 그만둡시다. 내내 몸조심하시고 보혈제(補血劑) 한 병 더 사다 쓰시고 보리 너무 많이 섞지 마세요. 간도 없는데 미곡분 공급이나마 부족하지 말아야지요. 안녕.

1966년 7월

성득

궂은 비가 개더니 예상대로 날씨가 몹시 차 지는군요. 김장을 어떻게 하셨는지? 궁금만 합니다.

떠나던 날은 9시 50분 급행 버스로 서울에 와서 수곤이 만나보고 5시 반경에나 귀철(歸鐵) 하였답니다. 전일(前日)에 교감이 가족동반 귀임(歸任)한 길이고 교사들이 늦도록 야근을 하고 있기 측은한 생각에 대포 일배(一杯)가 비롯돼서 과음, 23일은 꼼짝 못 하고 누워 지냈다오. 다시는 과음 않는다고 또 한 번 맹서했지만 결심이 있어야지요?

교육감이 시찰 시 특명(特命)한 대로 학교 현황을 슬라이드로 편집해가지고 교감회의에 참석 중인데 결과가 어떨는지 모르겠습니다. 주문진수고(注文津水高) 교장 사표안(辭表案)도 제출은 하였으나 이모저모 동정해서 아직 수리는 않고 있는 모양이구요. 아마 꼼짝 못 하고 겨울을 또 나는 모양입니다.

수곤이가 월말에 귀가할 거요. 당신 의논한 대로 5,000원 입체(立替) 송금하니 서울 생활이 보람 있고 계속할 의사가 있거든 주어 보내세요. 그리고 큰 이불이나 요를 보내주는 것이 좋을 것 같습니다.

박봉생활에 홀로 허덕이는 당신을 생각하면 새삼 안타까워만 집니다. 입버릇처럼 인내하자면서 이렇게 살아온 지 벌써 5년. 그리고 앞날도 기약 없는 생활(生活)이 고달프지만 2세 생명들의 전도(前途)를 위해서 다시 한 번 다짐하고 또 인내해 봅시다.

관계하는 사회 일은 지나치게 정열을 쏟을 필요 없다고 생각합니다. 혼자 손에 살림만도 벅찬데 그런 일에까지 에너지를 쓸 여지(餘地)가 없지 않나요? 그것은 낮이면 모르겠는데 밤까지 말입니다. 전일에 있었던 퇴계동(退溪洞) 회의류(類) 같은 것엔 낮이면 또 모르겠는데 밤에는 집 빌 수 없다 하고 거절하세요. 실속도 없이 여자가 정치바람 들면 곤란하고 더구나 남편도 집에 없는데 밤에까지 집은 아희들에게 맡겨버리고 가까운 데도 아닌 곳까지 늦도록 주부요 엄마가 회의에 참석이나 하고 다닌다는 일은, 나 자신으로서는 벌써 이해하고 있는 일이지만 제삼자나 아희들에게까지도 오해받기 좋을 만한 일이나 아닌가 생각되니 삼가 주시기 바랍니다.

근일중(近日中)은 귀가할 기회가 없을 것 같군요. 12월 봉급이나 가지고 갈까요?

이쪽 일은 염려할 것 아무것도 없으니 몸조심하시고 아희들과 더불어 즐겁게 지내주시기 빕니다. 우선 부탁친 수원이 입시에 최선을 다해 주실 것과 종종 소식 전해 주실 것 부탁하면서 이만 줄입니다.

1966년 11월 26일

어 철원(於 鐵原)

성득 보냄

추신-송금(送金)은 전신환전(電信換錢)으로 하였으니 내 인장(印章) 가지고 월요일(28일)쯤에 찾으시면 됩니다.(우체국에)

철원중고 동창회초청으로 고석정에서 제자들과 함께. 맨앞줄 오른쪽에서 다섯 번째가 아버지(1996년 여름).

2부
부모님께 드린 편지

엄마, 아버지의 5주년 결혼기념일. 2004년 5월14일(음.3.2일)
결혼기념일 축하 카드를 쓰게 되어 너무 좋아요.
이 카드 참 예쁘지요? 예전에 사서 아끼던거예요
요즘은 하루 하루가 너무 귀한 시간이라고 생각들어요
두분이 결혼하셔서 많은 사랑하는 가족을 만드셨고
사랑을 실천하셨고 희생을 몸소 보여 주셨어요 두분께
감사를 드려요. 목소 건강하셔서 두분이 함께
계셔주어 저희들께 많은 힘이 됩니다. 하나님께
감사를 드려요. 지켜 주신 은혜 입니다.
내내 두분 건강하시고 회춘을 꼭 하실 있기를
하나님께 기도합니다. 맛있게 리후승 하는
꿈을 꾸시며 매일 매일을 감사하며 기쁘게
사시기를 기도합니다. 맏딸 성희올림

부모님께 드린 편지

어느덧 이제는 우리 형제들이 하나둘 부모 곁을 떠나 객지생활을 하게 되었다. 1969년부터 근 30년 동안 서울로, 포항으로, 독일로, 여수로, 부산으로, 일본으로, 미국으로 떠나고 돌아오는 것을 반복하면서 아버지가 그랬듯이 부모님께 편지로 안부 전하는 걸 당연시하게 되었다. 우리의 소식을 접하고 기뻐하셨을 부모님의 모습을 그려 보면서 객지 생활의 고단함을 위로받았던 것 같다.

대학생 수곤이
어머님께

엄마께

어제부터 강의가 시작되었어요. 어리벙벙하고 썩 내키지는 않지만, 그런대로 재미도 있고 또 어떤 긍지를 갖고도 싶어집니다.

교과서는 입학금에 포함된 것만 새 책으로 받고 나머지는 어제 헌책방을 돌아다니며 모두 구했어요.

먼저 낸 것과 합해서 4,500원. 새 책으로 사는 값의 반을 조금 넘는 값이지요. 책도 깨끗해서 새 책이나 다름없어요.

방은 나는 대로 그 친구와 같이 있기로 작은 엄마도 허락을 하셨고요. 될 수 있으면 빨리 비워줬으면 좋겠는데 그리되지 못하는 것 같아요. 강의도 시작되고 책도 구했으니 이제 차분하게 마음을 가라앉히고 공부도 해야 될 텐데요.

오늘 징집 연기원서를 떼었어요. 올해 신체검사를 하면 내년에 입대하게 되므로 너무 빠른 것 같아요. 2년을 마치고 군인을 가든지 R.O.T.C 훈련을 받든지 하는 것이 가장 좋을 것 같아서요. 동봉해서 보냅니다.

시, 읍면을 경유해서 병무청에 내라는데 무슨 말인지 모르겠어요. 시와 면에 한 통씩 낸다고 하고요. 그러니 한 통(징집연기원서 1장, 재학중명서 1장)을 동사무소에 가지고 가서서 물어보세요. 아마 한 통은 동사무소에 내고 나머지 한 통은 본적지 면사무소에 내는 것 같아요. 학교서 두 통을 떼어 준 것이니까요.

이달 말, 31일까지이니 곧 내야 됩니다. 하남면에는 엄마가 갔다 오시는 것이 좋겠어요. 호적이 잘못된 것도 알아볼 겸.

책상은 아직 오지 않았어요. 내일 가져오려고요. 수경이 형이 짐 자전거를 빌려 준다고 했으니 조심해서 싣고 오면 힘들지 않을 것 같아요.

형도 아르바이트 자리를 구해 준다고 하던데 정말 나타나 주었으면 좋겠어요. 꼭 학비가 모자라서 한다는 것보다도 인간으로서의 완전한 성숙을 위해서라도 해보는 것이 좋을 것 같습니다. 어떻게 다행히 일자리를 구하게 되면 저금을 해서 수성이 수원이랑 모두 데리고 여름방학 때 동해안으로 여행을 가보고도 싶어요.

공부하기가 무척 힘들 것같이 여겨지는데 말 들으면 그렇지도 않은 모양이야요. 착실하게 하면 앞설 수도 있겠지요. 2년간 뒤진 것

이 몹시 괴롭기도 하지만 어떻게 생각하면 그다지 서러운 일은 아
닌 것 같아요.

자신을 생각할 수 있는 시간을 가질 수 있었으니까요.

끝까지 그렇게 돼버리고 말았지만 전화위복을 도모하는 것이 보
다 현명한 일이라 여기고 있습니다. 부지런히 해서 앞선 친구들을
따라가야겠어요.

교수들은 모두 대학 생활이 일생 동안의 가장 보람 있는 때라고
말하고 있어요. 그러나 잘못하다가는 일생을 그르치고 마는 가장
허무하고 무의미한 때라고요.

바람직한 생활을 하기 위해 많은 생각을 하고 있어요.

책도 읽고 친구도 사귀고 여행도 하고. 또 어떤 꿈을 그려도 보
고요.

반복을 하지는 말아야겠다고 생각했어요. 마음대로 되지는 않겠
지만 정성을 다해 해 보아야지요.

이만 그치겠어요. 비라도 오려는지 날이 몹시 흐렸어요.

아버지랑 성희랑 모두 잘 계시기를 바라겠어요.

31일 전에 동사무소와 하남면에 꼭 제출 하셔야 해요.

3월 21일
수곤 올림

엄마께

　이모가 엄마 한번 오셔서 벚꽃 구경 가자고 하시던데 춘천 인구의 배나 되는 사람들이 오늘 하루 창경원에 모여들었다는 아나운서의 목소리를 듣곤 어이가 없었어요. 마치 시장 안 같은 풍경이었을 테니까요.

　수성이 그 많은 사람 틈에 한번 세워보면 어떻겠어요. 매일 집안에서 선희와 싸움만 하고 지낼 테니 네가 싸울 사람은 선희뿐이 아니라는 것도 알려줄 겸 그리고 몇 년 묵은 아버지의 약속을 지켜 위신도 회복시켜 드릴 겸 해서요?

　엄마 아버지도 저같이 건강하게 지내시는지 궁금합니다. 책도 모두 샀고 학교도 가까워 매일 제일 먼저 가곤 합니다. 공부도 굉장히 어려워지는 것 같아 마음도 단단히 먹고 있어요. 일찍 나가선 책도 보고 노래도 부르곤 하지요. 날씨도 차지 않아 상쾌합니다.

　주인집이 재미있는 분들이라서 별로 불쾌감 같은 것도 느끼지 않고 아주 마음 편하게 지냅니다. 아저씨가 약주를 거의 매일 하다시피 해 부부싸움이 자주 벌어집니다.

　엄마와 아버지가 다투시는 걸 별로 보지 못한 나로선 의아스럽게 생각되기를 합니다만 밉게 보이진 않는 건 역시 사랑싸움이래서인가 보지요? 사실 사랑싸움이 어떤 건지는 몰라도 아저씨 말이 걸작이래서 써 보았지요.

　"선생님 너무 흉보지 말라우요. 우리 싸움은 사랑싸움입네다."

사랑싸움이라우요 하시면서 웃으시는 걸 볼 땐 그런 건가 하고 알지도 못하면서 "그렇고말고요" 하고 대답하지요.

무엇보다도 사람을 사귄다는 게 나 자신에게 이익이 되는 게 아닌가 생각됩니다. 나 자신의 모든 점에 늘 신경을 써야 하는데 귀찮기도 하고 답답하기도 합니다만 앞으로 사회에 나가면 더 많은 굴레 안에서 지내야 될 텐데 일찍 조금씩 연습해 두는 것도 나쁘진 않잖아요?

어제는 미술대회라서 온 집안 식구가 경복궁에 들어갔어요. 별로 따라가고 싶진 않았지만 그럴 수도 없고 또 사진을 찍어 달라기에 같이 갔었지요. 벚꽃이 핀다고들 야단인 줄 알았는데 벌써 꽃잎은 지던데요.

사진을 찍으면서 생각해보니 우리 집 가족사진을 찍은 게 없잖아요? 언제 도청 앞 잔디밭에 가서 멋지게 찍어 봐요. 아이들이 모두 크면 전부들 무뚝뚝해져 버리고, 엄마 아버지도 젊으셨을 때 한번 찍어두는 것도 좋지 않아요? 다 큰 놈들이 모여서 사진 찍자 하면 좀 쑥스럽기도 할 테고 말입니다.

용돈도 모자라서 않게 쓰고 있어요. 필요하면 편지 드리겠어요. 며칠 전엔 기분이 언짢아 집에나 가볼까 했는데……

동생들도 모두 잘 있지요? 하복을 보내주셨으면 좋겠는데요. 5월 초순에 중간시험이 있습니다. 내내 안녕히 계세요.

1967년 4월 21일 수곤 올림

수곤의 대학 졸업식(1970년).

강아지 파루와
춘천 조양동 집에서.

첫째 며느리가
부모님께

어머니께

어머니, 아버님 안녕하신지요.

새해가 시작되었습니다.

날씨가 갑자기 추워졌습니다.

서울에 있는 동생들이 다들 집에 갔으리라 생각합니다.

저희들도 잘 지내고 있습니다.

종하가 방학을 하여서 매일 신 나게 놀고 있고 임경이도 잘 있습니다.

아범은 오늘 숙직이어서 회사 나갔어요.

임경이가 낮잠도 없고 하도 번잡해서 이렇게 한밤중이 되어야 한가한 시간이 나는 것 같습니다.

어머니가 보내주신 내의는 잘 받았어요.

종하는 수영을 보내려고 하니까 다른 친구들이 다 중급반에 들어가고 초급반에 같이 갈 남자 친구들이 없어서 못 보내고 6일부터 미술학원에 보낼까 합니다. 추워서 잘 나가 놀지도 못하니까요.

여기 날씨도 매우 춥습니다.

어머니는 큰일 치르시고 긴장이 풀리시어 아프시지나 않으신지요. 하기는 또 큰일이 남아 있으니 어머니가 아프실 겨를도 없으시지요. 서울 가시게 되면 결과를 알려주세요.

어제는 수성 삼촌 이사한다고 하더니 잘 마쳤겠지요. 그러면 살던 아파트는 비워 두게 되는지요?

광희 고모는 설날에 왔다 갔는지 모르겠군요.

엊그제 미국에 소포를 보냈어요. 타월 큰 것 몇 개와 희영이 볼 책을 보냈지요.

그리고 오만 원을 송금했습니다. 아버님께.

어제는 회사 총각들이 온다고 해 준비했었는데 오지 않았어요. 아마 미안해서 그랬던 것 같습니다.

어머니, 추운 날씨에 몸조심하시고 건강하게 지내시길 바라겠습니다.

아버님도 안녕히 계십시오.

1986년 1월 2일

영수 드림

수곤과 수달 그리고 종하(1978년).

호미곶 해맞이 공원에서 부모님과 첫째 며느리(2002.1.20).

미국에서 성희네가
부모님께

보내주신 사진 잘 받았습니다.

희영이가 색동저고리 입은 모습이 아주 큰애 같네요.

필름을 맡겨서 크게 한두 장 뽑아 볼까 생각 중인데 잘 나올지 모르겠어요.

아버지 생신에 가족들 모이면 사진 좀 멋지게 찍으면 보내주세요. 날씨도 좋으면 밖에서 찍어도 좋을 것 같고, 작년 이맘때는 벚꽃이 삼천리 호텔에 만발했지요. 어제는 저희 결혼했던 날이었어요. 저 일 끝나고 시장에 이것저것 구경하며 희영이 옷이나 사 보려고 했는데 별로 없더군요. 다음 시간 많을 때 골라 보아야겠어요.

오늘은 제가 노는 날이지만 유 서방 학교 오후 수업이 있지요.

학기가 5월 5일이면 끝나고 방학이 한 달 조금 넘게 있게 될 것 같아요. Summer에 또 강의를 받을 계획인가 봐요. 아직 확실한 계획을 세우고 있지 않지만 여름방학에 나이아가라 폭포나 워싱턴, 뉴욕을 여행하게 될 것 같네요. 아니면 정희 언니네 사는 텍사스로 가거나. 여름 8월 말경 아파트를 학생 아파트로 옮기고 일 년 정도 있으면 귀국합니다.

벌써 일 년이 되어가니 또 일 년은 쉽게 곧 지날 거예요. 희영이랑 고생이 심하시지요? 저는 애 없으니 편하고 일도 힘든 일은 아닌데 뭔가 정한 시간에 오고간다는 것이 사람을 속박하는 것이겠지요. 또 쓸게요.

1979년 4월 17일(화)

성희 올림

아버님 생신을 축하드립니다.
만수무강하시고 기쁜 일만 있도록 기원하면서……
지구 반대편에서

사위 올림

엄마 아버지 보세요.

편지와 포항서 찍으신 사진 잘 받았어요. 임경이가 많이 예뻐졌네요. 아버지 생신은 어떻게 지내셨나요? 전화라도 해 볼 것을 무슨 일로 요즈음엔 바쁜지 정신 없이 지나가네요. 다음 주말엔 워싱턴(수도)에 가려고 해요. 교회 주최 수양회가 있는데 5일간. 하루는 워싱턴 관광을 시켜주고 학생 신분의 사람은 염가로 5일간 수양회를 한다기에 애들 방학은 되고 그래 마음먹었지요. 지난번 미국 왔을 때 갔던 곳인데 이번엔 춘자도 그곳에 있고 우리 애들 셋 다 데리고 가니 또 다른 감회가 있을 것 같아요. 돌아오는 길에 좀 돌아오려고 하는데 아직 애들이 어리니 많은 날 돌아다닐 수 있으려는지 모르겠어요. 지섭이 100일이 벌써 온다니 빠르군요. 카드를 보냈는데(지섭이 났을 때) 한글로만 주소를 쓰고 (Seoul, Korea)를 안 썼더니 공항까지 갔다 돌아왔더군요. 다시 보내려고 했는데 부산으로 이사한다기에 그만두었지요.

수성이는 애기 어릴 때 여기저기 살아보는 것은 좋지요, 뭐. 그런데 여기저기 살다 보면 평생을 여기저기 살기 쉬우니 문제지요. 장사하는 사람 외에 직장생활 하는 사람들은 여기저기 살기 마련인 것 같아요. 아버지도 그러셨고 또 식구들 모두 그런 셈이니 말입니다.

수원이가 아직 이동이 없고 포항 오빠도 이젠 포항 사람 되어 가겠어요. 10년이 되어가는 것 아네요? 얼마 전엔 선희가 편지를 다 썼더군요. 광희도 오랜만에 희영이한테 쓰고 함께 같은 날 받았지요. 요즈음 영석이가 다니는 널서리는 방학을 했고 가을(9월) 되면 시작할 텐데 다른 곳 보내는 사람들도 있는데 희영 현정이도 곧 방학할 테고 그대로 두기로 했어요. 수영이나 등록해서 일주일에 두 번 정도 하는 곳 보내 보려고요. 애들이 외국 애들이라도 미국 애들과 잘 어울려 노는 애들 많은데 우리 애들은 안 그래요. 세월 가면 나아질 테고 집안에선 정상적으로 노니 뭐 어쩔 도리가 없네요. 방학이어도 유 서방은 정상적으로 (거의) 학교에 가 공부하고 애들은 30일(5월)에 방학이지요. 애들이 방학은 30일인데 워싱턴 수양회는 26일부터라 그냥 먼저 수양회를 떠나기로 했지요.

여기 개근상은 없고 학교 3일 빠져도 그만일 것 같아서요. 월요일엔 또 휴일이니 화, 수, 목이 빠지게 되거든요. 우린 요즈음엔 밭에 심은 배추로 연한 배춧국을 끓였고 열무로 열무김치 담갔지요. 호박은 꽤 잘 크고 파도 안 사도 될 것 같아요. 앞으로 잡초가 많이 나 손이 많이 가지만 유 서방도 애들 교육상 좋다고 열심히 데리고 나가 별로 힘 드는 줄 모르겠어요.

희영이가 글씨도 예쁘게 쓰고 학교도 많이 생활이 발전을 보이는 것 같아요. 한국 같으면 3학년 1학기가 끝날 때니 그럴 만도 하겠지만, 아직 아기 티를 못 벗어도 자기 할 일은 잘하는 것 같아요. 여기야 시험이나 어떤 기준을 희영이가 하기 힘드니 잘 모르지만, 선생님들이 똑똑하다고 그래요.

1986년 5월 22일 성희 올림

엄마 아버지 보십시오.

오랫동안 소식 드리지 못해 죄송합니다. 무소식이 희소식인 셈이 됐어요. 별일들 없이 지내고 있습니다.

희영이 아빠는 학교 나가며 공부 열심히 해내고 있고 희영, 현정 학교 잘 다니며 영석이도 널서리 잘 다닙니다. 요즈음엔 이곳 날씨가 덥다 춥다 왔다 갔다 하는 날씨인데 아직까지는 감기 안 걸리고 지내고 있으니 감사함 일이지요. 엄마 아버지께서는 건강하신지요? 제가 보는 애기도 제법 우리 집에서 지내는 것 좋아해서 처음보다 훨씬 수월해졌지만 자기와 붙어 있어야 좋아하니 쉬운 일도 아니지요.

그래서 살림 적당히 하고 애기 보는 일에 성심껏 하는 편이 되는 것 같아 그것이 손해인 것 같습니다.

수달이가 뜻밖에 여기까지 왔었는데 만나지 못해 아쉬웠지만 그래도 무척 반가웠지요. 이제는 지구를 하루 사이에 왔다 갔다 해서인지 그 먼 거리를 며칠 가지고 왔다 갔으니 정말 좁다는 말이 나오지요. 가지고 온 물건은 잘 받았고 김이 참 맛있더군요. 수원이가 물건값은 잘 계산해 줬겠지요?

선물 재료도 잘 사왔던데요. 올 연말에는 선물값에 신경 안 쓰고 잘 쓰게 되었어요.

수달이 한국 갈 때 무엇을 좀 보냈어야 하는데 내내 죄송한 마음입니다.

우리는 제가 조금이라도 보태면 돈을 안 갖다 써도 될 것 같아요. 아직은 처음이라 준비할 살림이며 많이 든 셈인데 이제는 적당히 준비 다 되었고 애들 건강히 학교 잘 다니고 별 탈 없으면 그런대로 꾸려나갈 만합니다. 현정이는 바이올린을 배우려고 바이올린을 샀지요(150$). 일주일에 한 번 배우니 레슨비는 비싸지 않지만, 희영이 피아노에 현정이 바이올린, 그리고 영석이 널서리가 돈 드는 교육비이지요. 애가 많으니 다른 집보다 더 살림이 큰 것 같습니다.

희영, 현정이는 걸스카우트(어린애들은 부라우니라고 부릅니다)엘 넣었어요. 학교생활을 좀 더 애들과 어울리게 할 생각으로 넣었는데 희영이는 몇 번 나갔는데(일주일에 한 번씩 학교공부 끝나고 한 시간씩) 재미있대요.

현정이는 10월달 되어야 시작하는데 현정이도 점점 나아가고 있는 듯하니 공부 잘할 것 같아요. 둘 다 제법 학교공부는 따라가는데 여기 학교공부라는 것이 그 애 하는 수준에 맞추어 가르치니 우리나라하고 기준이 틀리어 잘한다 못 한다 애기하기가 곤란한 듯하지요. 그래도 그나마 하는 것이 대견하기도 하고요. 또 쓸게요.

1986년 9월 23일

성희 올림

엄마 아버지 보서요.

밤새 서리가 내리는 쌀쌀한 가을인데도 집안이 더우니 밖이 추운지 모르고 살지요. 춘천은 을씨년스러운 계절이 시작되고 있겠네요. 수원이까지 멀리 있으니 엄마 아버지께서는 더욱 외로우실 것 같습니다. 저희가 곧 들어가면 하나 늘어나니 좀 나으실 테고요. 이웃사촌이라는 이야기가 점점 실감나는 생활이 되고 있습니다. 가족이라도 멀리 있으면 생각과 생활이 따르지 못하니까요. 편지를 무척 기다리다가 사진과 함께 보내신 편지와 또 그 후 희영에게 쓰신 편지도 받았고 창희 할머니 무사히 오셨고, 선희와 통화도 했지요. 창희 할머니께도 인사드렸는데 목소리가 젊으시더군요. 엄마가 보내신 소포를 보내려고 하는지 어젯밤 여기 주소를 묻느라 전화했더군요. 선희가 시어머님 오셔서 의지도 되고 도움도 될 거예요. 창희도 그럴 테고-.

저희는 잘 지내고 있습니다. 애들 계속 학교 나가니 바쁘고 저는 시간 나는 대로 영어공부도 다니고 아기도 가끔 보고 살림도 적당히 되는대로 하고 편안한 생활입니다. 모든 것 잘하려고 하면 한이 없겠고 제 힘닿는 데까지 적당히 하기로 하니 마음도 편하고 그렇습니다. 영석이는 태권도 재미있어하고 공부도 잘합니다. 일 학년이라 그런지. 현정이는 어려운 성격이지만 크면서 나아지려니 희망을 갖고 하나님께 의지한답니다.

진석 엄마(피아노 선생님) 편지도 받았고 신 중령님 편지도 받았습니다. 무슨 물건을 사라 말아라 편지는 없고 진석이네는 세금을 45만 원에 보관료 5만 원 냈대요. 신 중령님네는 얼마 냈다는 이야기는 없더군요 한번 기회 있으시면 이야기해 보셔요(물어보셔요). 신 중령님네는 정식으로 세금을 내신 것 같고 진석이네는 그쪽에서 먼저 요구했나 봐요. 무관세로 해줄 테니 얼마를 달라고 했나 봐요. 사실인지 어쩐지는 모르지만. 사람들 물건 사는 것 보면 저도 옆에서 마음이 싱숭생숭해지는데 우리 형편에 사치하게는 못할 것 같습니다. 고급 그릇들이며 소파며 침대며 한국 물가 비싸니까 한국 가서 살 것이면 여기서 싸니까 사가지고 간대요. 그래도 짐값이며 또 유 서방이 반대하고 그런 상태입니다.

포항에 영수나 광희나 수성, 수달이네나 필요한 것(갖고 싶은 것) 있으면 편지로 이야기하라고 하셔요. 제가 한국 가서 돈을 받을 수도 있으니까요. 어차피 세금은 어느 정도 내야 하고 제가 사갖고 가는 것에 좀 더 다소의 차이가 있어도 이삿짐이므로 세금의 큰 영향은 없을 것으로 보거든요. 제가 따로 편지 쓰려고 하고는 있는데 꼭 이야기하셔요. 우리나라에서 좋아하는, 갖고 싶어 하는 물건들 여기서 싼 것들도 많으니까요. 명단을 적어 보내시면(살림들도) 무리하지 않는 한도에서 사갈 수 있고 또 비싼 것이면 돈을 받을 수도 있지요. 저는 냉장고 세탁기 오븐을 사갖고 가려고 합니다. 세상 물건에 욕심 없다고 말하는 제가 생활의 노예가 됨을 인정합니다. 사치하다는 것도 생활의 차이에서 다르니까 모든 사람들이 나름대로 가치와 이유가 따라다니겠지요. 자기변명을 할 수 있으리라는 생각을 합니다.

　엄마 아버지. 유 서방은 엄마 아버지 교회 나가시라고 편지 쓴다고 벌써부터 벼르더니 못하나 봐요.

　모든 일에 때가 있대나 봐요.

1988년 10월 26일

성희 올림

어머니와 성희.

안녕하십니까?

저희 가족을 기억해주시고, 걱정해주시고, 기도해 주심에 감사드리면서, 자주 소식 전하지 못한 대신에 1994년 한 해를 보내면서 이곳 일본 동경에서의 생활에 대한 저의 집안 소식을 간략하게나마 전해드리려고 합니다.

저희 가족 5명은 어설픈 이곳 생활에 적응하여 가면서 항상 바쁘게 지내고 있습니다. 특히 아이들은 전철과 버스를 이용하면서 학교까지 편도 한 시간씩이나 통학하다 보니 매일 파김치가 되지만 한국에서처럼 학원이다 과외다 하면서 시달리지 않는 것을 감사하면서 지내고, 일본어 때문에 학교에서도 어려움이 있기는 하지만 건강하고 그런대로 공부도 잘하는 편이어서 더욱 감사하면서 생활합니다.

금년에 큰 변화라면 희영(장녀)이가 고등학교에, 영석(장남)이는 중학교에 입학한 것입니다. 현정(차녀)이는 중 2년생이며 모두 동경한국학교에 다닙니다. 동경에는 한인학교가 신주쿠(新宿區)에 하나뿐인데 초등학교부터 고등학교까지 매 학년 70~80명을 두 학급으로 나누어서 운영하고 있습니다. 선생님들은 문교부에서 파견된 분들과 현지에서 채용된 분들이어서 학생들 학습지도에서 아주 다양한 편이고 고국에서의 교육수준보다는 약간 미흡한 상태입니다.

이곳에서 일본어 공부는 예상보다 지지부진입니다. 아이들은 매주 학교 교과서 한 번, 회화공부 한 번씩 과외지도를 받고 저와 집사람은 이곳저곳 다니면서 공부하는데 아직 일상생활에도 부자연스러운 상태여서 부끄러울 때가 많습니다. 3년 후 귀국할 때까지도 만족스럽게 의사소통이 가능할지 의문입니다. 아이들이 금년에 영어검정 2급 시험을 모두 좋은 성적으로 합격하여 기쁨을 얻었습니다. 일본 대학에서 외국 학생의 입학자격으로 일어검정 1급 시험과 영어검정 2급 시험을 요구하고 있습니다. 항상 영어 소설 등을 많이 읽은 덕택이라고 생각하지만 외국 생활을 많이 하다 보니 학교를 옮겨 다닐 때는 어려움이 있었지만 영어 과외를 안 하고 있다는 것만으로도 소득이 있기는 있구나 하고 위안을 얻기도 합니다.

희영이는 피아노, 현정이는 바이올린을 계속하고 있고 영석이는 지난 여름부터 클라리넷을 배우고 있습니다. 이번 크리스마스이브에 교회에서 중고등부와 같이 연주할 기회를 갖게 됩니다.

일본에 올 때는 일본여행을 많이 할 수 있을 것으로 기대하였는데 현실은 그렇지가 못하여 닛코(日光), 후지산(富士山), 하코네(箱根) 정도를 가 보았을 뿐입니다. 교통비와 숙박비가 엄청나게 높으므로 우리의 행동 반경은 동경 주변으로 한정될 수밖에 없지요.

저는 출장으로 여러 곳에 다니는 편이지만 가족들은 일본에 살았다는 말뿐 나중에 일본에 대해서 이야기할 것이 없겠다는 농담도 하게 됩니다. 그래서 이번 신정 연휴에 교토(京都)를 큰 맘 먹고서 가보려고 계획 중입니다. 저는 해외출장으로 영국과 스위스를 돌아

볼 기회가 있었고 불란서, 벨지움, 파키스탄, 대만을 방문할 수 있었습니다.

여름방학에 희영이와 현정이는 춘천 외가에서 수학과 국어공부를 하겠다고 4주간 다녀왔는데 여러 가지로 좋은 경험이 되었다고 내년에도 다시 가겠다고 선언하였고, 영석이는 미국에서 옛 기억을 되찾아 보겠다고 의욕을 보이고 있어서 부모들이 심사숙고하게 하고 있습니다.

저희 가족의 믿음생활은 동경에 와서 동경제일교회를 다니면서 더 좋아졌다고 하겠고 가정 예배를 통하여 은혜를 많이 받고 있으며, 저는 중고등부를 맡아서 봉사하고 있는데 잦은 출장과 성의 부족으로 중고등부가 활성화되지 못하는 것 같아서 부담이 됩니다. 그래도 항상 기도하며 하나님의 은혜에 감사하는 생활을 하고 있습니다.

즐거운 성탄과 희망찬 새해를 맞으시길 기원합니다.

1994년 12월 11일

유태환, 이성희, 유희영, 유현정, 유영석 드림

새해를 축하합니다

2004년에도 건강하시고 즐거운 날들을 보내시기
바랍니다. 하나님께서 장인·장모님을 축복하여
주심을 감사하고 있으며, 앞으로 하나님과
함께 하시는 날들이 계속되기를 기도합니다.

북한경수로건설 현장 금호에서

유 태 환 올림

depends
eone
To care for and to share
the things you do,
Someone for thinking of
With an ever-growing love--
Then my happiness depends
on having you.

Happy Birthday

아버님 생신을 축하 드립니다
만수무강 하시고 기쁜 일만
있도록 기원하면서

자부의 반대편에서

사위 올림

엄마, 아버지의 57회 결혼기념일

결혼기념일 축하카드를 쓰게 되어 너무나 좋아요.

이 카드 참 예쁘지요? 오래전에 사서 아끼던 거예요.

요즈음 하루하루가 너무나 귀한 시간이라고 생각 들어요.

두 분이 결혼하셔서 많은 사랑하는 가족을 만드셨고 사랑을 실천
하셨고 희생을 본으로 보여주셨어요. 두 분, 감사를 드립니다. 또한
건강하셔서 두 분이 함께 계심으로 저희들께 많은 힘이 됩니다. 하
나님께 내내 두 분 건강하시고 회혼식 꼭 할 수 있기를 하나님께 기
도합니다. 멋있게 회혼식 하는 꿈을 꾸시며 매일 매일을 감사하며
기쁘게 사시기를 기도합니다.

2004년 5월 14일 (음 3월 26일)

맏딸 성희 올림

일본에서 수원이
부모님께

엄마, 아버지 보십시오.

그동안 안녕하신지요?

저희들도 잘 지내고 있습니다. 창섭이도 유치원에 항상 기분 좋게 가고 있으며 정원이도 무럭무럭 자라고 있지요. 정원이는 이빨 두 개가 올라오기 시작했습니다.

창섭 에미도 좀 피곤해하긴 하지만 벌써 자전거 타고 슈퍼에도 가고, 같은 아파트에 있는 일본 여자에게 일본어도 배우러 다니고 하면서 바쁘게 지내고 있습니다. 가족들이 모두 건강하고 그런대로 잘 적응하는 것 같아 다행으로 생각하고 있습니다.

저는 학교에 부지런히 나가고 있지만 그리 만만치는 않은 것 같습니다. 오랜만에 공부를 해서 그러려니 하고 꾹 참고 꾸준히 해볼 생각입니다.

사실 학교 다닐 때 우리 집 애들이 꾸준하지 못하다고 엄마한테 야단도 많이 맞고 특히 저는 가볍다고 핀잔도 많이 들었던 것 같은데, 이곳에서 생활하면서 꾸준함과 신중함을 좀 더 다지는 시간을 가져볼까도 생각합니다. 아침에 테니스를 1시간 정도 하고는 주로 학교에서 생활을 합니다.

집이 학교에서 5분 정도 거리이니까 식사시간을 제외하고는 거의 학교에 있는 셈입니다.

보내주신 편지는 잘 받아 보았습니다. 광희네가 이사를 했다구요? 이제는 좀 살림하기 좋은 데서 살게 됐으니 다행이군요.

애들 일곱이 별로 많은 것 같지도 않게 느껴질지도 모르겠습니다. 세 명이 외국에 나가 있고, 두 명은 지방에…… 애들을 다 만나 보려면 걸리는 시간이 아마 세계에서 제일 많이 걸리는 것이 우리 집 아닌가란 생각도 듭니다. 막상 다 키우면 옆에서 같이 살지 않고 멀리들 살게 되니 각자의 발전을 위해서 어쩔 수 없는 일이지만 좀 죄송한 생각도 드는군요.

아직 바쁘다 보니 포항, 여수 등에는 편지도 못 했습니다. 편지를 쓸 생각을 해 보면 우리 가족이 많다는 실감이 나는 것 같습니다.

선희네가 자리를 잡아간다니 참 다행입니다.

학교도 옮기고, 솔직히 좀 걱정스러웠는데 똑똑한 애들이니까 잘 해나가는 것이겠지요. 수성이에게도 편지하겠지만, 누나네 재산 관리 문제는 장부에 있는 게 맞을 거라고 해 주십시오. 작년 것은 재산세를 내고 나머지를 받은 돈이고(2달 치일 겁니다), 금년에 미납된 것은 세를 올리기 전이니까 9월 30일에 보내온 돈이 맞는 액수라고 얘기해 주십시오.

수성이 처가 몸도 불편한 데 재산관리하랴 마음이 바쁠 텐데 수성이가 잘 신경 쓰도록 해야 할 것 같은 생각이 듭니다.

아버지께서야 옛날에 일본엘 다녀가셨으니까 아시겠지만, 별로 외국 같은 느낌이 안 듭니다. 식사는 한국에서와 똑같이 하고 주위에 한국 유학생들도 꽤 있으니까 별로 불편한 것은 모르겠습니다.

얼마 전에 안창혁(안홍모 씨 아들)이네 집에를 다녀왔습니다. 걔네도 가족 동반해서 우리 집엘 왔었는데 우리 집에서 두 시간 정도 걸리는 거리에 있습니다. 창혁이 처가 둘째 애 낳으러 이번 주말에 한국으로 간다고 하더군요.

이곳에서 제일 불편한 것은 전화인 것 같습니다. 교환을 통해야 되고, 밤에는 전화가 안 되고…… 개별적으로 전화를 놓을 수도 있지만, 가격이 꽤 비싸고 기본요금도 많이 나오니까 모두들 아파트 교환전화를 쓰고 있지요. 국제전화는 공중전화를 이용하니까 길게 하지 못하고 간단간단하게 하게 되는 것 같습니다.

엄마가 이곳 올 때 전화 자꾸 하지 말라고 주의 주셨는데, 저절로 그것은 지켜질 것 같네요.

요즈음 이곳은 부쩍 추워졌습니다. 아침 기온이 5°C 정도까지

내려가지요. 엊그제 팬히터(완전 연소되는 석유난로)를 샀는데 성능이 괜찮습니다. 춘천집 안방의 아랫목과 선희 방의 따뜻한 장판이 생각나는 계절입니다.

아무쪼록 아버지, 엄마 몸조심하십시오. 연탄가스도 조심하시고요. 안방의 가스 배출기 성능은 한 번 체크해 보는 것도 좋을 것 같습니다. 혹시 필요한 것 있으시면 연락 주십시오. 보내드리겠습니다.(수성이네 등도 부탁하라 해 주십시오)

안녕히 계십시오.

일본에서 이수원 드림

신주쿠 교엔 공원에서 수원 가족(1990. 4. 1).

셋째 며느리가
부모님께

아버님, 어머님께

그동안 몸 건강히 잘 계셨습니까! 그곳은 여기보다 훨씬 쌀쌀할 것 같습니다. 여기는 날씨가 변덕이 심하지만 좋은 날은 봄날과 같습니다. 1년 중 겨울 날씨가 가장 좋다 하니 그런대로 잘 지내고 있습니다. 저번 주말에는 여기에 사는 한국인들과 함께 가까운 공원에 놀러 갔었는데, 울창한 나무와 푸른 잔디가 그림에서 보는 듯하였습니다. 나가서 고기도 구워먹고, 창섭이도 잘 놀았습니다. 비가 많아 나무가 울창하고, 공원이 곳곳에 있는 것이 부럽습니다.

아버님, 어머님 건강은 편안하신지요. 겨울이 다가오니 여러 가지 준비 관계로 바쁘시겠습니다. 저희들 모두 잘 지내고 있습니다. 창섭이도 유치원에 잘 적응하고, 정원이도 콧물이 좀 나지만 잘 크고 있습니다. 창섭 아범도 학교에 잘 다니고 있습니다. 창섭 아범은 아침 8시 20분이면 학교를 가고 12시에 집에 와서 점심을 먹고, 저녁 6시에 또 와서 저녁을 먹고 학교에 가서 12시 다 되어서 돌아옵니다.

창섭이는 9시 20분에 유치원 차가 아파트 앞에 오면 유치원 가고 오후 3시 20분 정도 돌아옵니다. 월, 금요일은 유치원에서 점심이 나오고, 화, 수, 목요일은 도시락을 싸갑니다.

한국인 친구도 이 아파트에 있어 다행히 잘 놉니다. 아직은 그렇게 썩 잘 어울리지는 못하지만요.

정원이는 여전히 우유 먹고, 보행기 타다가, 자고 합니다. 방이 없어 정원이가 푹 자지 못하는 것이 괴롭습니다. 저도 정원이 자기 전에 일을 하나라도 더 하려고 보면 무척 바쁩니다. 한 달 후면 많이 크겠지요.

오전에 정원이가 자면 저는 시장 보러 갑니다.

어머님 편지에 자전거 타는 것 너무 서두르지 말라는 말씀에 제가 웃었습니다. 여기 오셔서 보시고 말씀하시는 것 같아서입니다.

이제는 자전거 타고 어디든지 갑니다. 아직은 서투르기는 해도 많이 나아졌습니다. 날씨가 좋을 때는 정원이를 업고 타고 창섭이가 따라갈 때는 태우고도 갑니다. 그러나 최대한 조심조심 타고 있으니 염려 마시기 바랍니다.

고국을 떠난 지도 벌써 한 달이 되었습니다. 이제 거의 생활은 잡

혔고, 가족 건강에만 신경 쓰고 살고 있습니다.

창섭이와 정원이는 콧물이 많이 나더니 이제 좀 나았습니다.

얼마 전에는 석유 히터도 사서 겨울 준비를 단단히 하고 있습니다.

여기 있는 한국 가족들이 친절하고, 잘 도와주어, 여러 가지로 불편 없이 빨리 자리 잡는 것 같습니다. 모두 한국으로 빨리 돌아가기를 손꼽아 기다립니다. 일시적으로 잠시 머물렀다가 가는 곳이라 그런 것 같습니다.

저는, 창섭이 아범이나 저나 무척 원하던 유학이었으니까 보람있게 잘 보내려고 노력하겠습니다. 직장과 가정 사이에서 기력이 달리던 지난 시절을 생각하면, 지금은 머리도 덜 복잡하고, 훨씬 안정된 것 같습니다.

어머님께서 편지에 적어 보내주신 여러 가지 조언을 잊지 않고 있겠습니다. 아버님, 어머님 몸 건강히 계십시오.

1988년 11월 4일

셋째 며느리 올림

미국에서 선희가
부모님께

엄마 생일이 이맘때쯤이었던 것 같은데 음력이라 잘 모르겠네요.

다시 시작하신 춘천 생활은 어떠신지요. 아버지는 모처럼 일거리가 생기셔서 심심치는 않으실 것 같군요.

지난번 보내주신 창희 동화책은 너무너무 좋아합니다. 언니한테는 전화를 했는데 지섭이 엄마에게도 고맙다는 말 대신 전해주세요.

얼마 전에 춘천에 전화를 두 번이나 했었는데 번호를 잘못 적었는지 다른 집이 나와서 통화를 못했습니다.

저희는 연말을 보내면서 미국 생활이 벌써 4년을 넘어서게 되었지요. 2~3년 안에 마칠 수 있기를 바라는데 두고 봐야지요.

나는 직장생활 별 어려움 없이 벌써 1년이 되었습니다. 창희 문제만 없으면 거의 일하는 데 걸리는 게 없는데 아무래도 남의 집에 맡기는 게 영 꺼림칙할 때가 있습니다.

창희 아빠는 내년부터 논문 쓰기 시작합니다.

수업 듣는 것은 올해로 끝이 나니까 내년부터는 바빠도 그렇게 시간에 쫓기지는 않을 것 같습니다.

창희는 주중에 미국 유아원 다니고 주말에는 한글학교 다니는데 대체로 재미있어합니다.

집에서는 주로 전자오락게임하고 그림 그리고 만화영화 보고 동화책 읽어주고 하지요.

이번 연말에는 식구들 모두 모이겠군요.

마지막으로 식구들 모였을 때의 기억이 참으로 멉니다.

미국생활이 꽤 되어가고 창희도 점점 커가면서 춘천 생각이 많이 납니다.

우리 한국 가기 전에 미국 한번 오세요. 뉴욕은 한국 사람도 많고 어느 곳을 가면 꼭 한국 영등포 와 있는 것 같은 곳도 있어요.

참 지난번 한 번 오셨을 때 뉴욕 구경하셨었지요.

그래도 생활하는 게 인디애나하고는 많이 다른 것 같습니다. 한가한 것 같으면서도 서울만큼 복잡하니까요.

엄마 생신 잘 보내시고 연말연시 식구들과 함께 즐겁게 보내세요.

또 쓸게요.

1991년 9월 12일

선희 드림

아버지 생신 축하드립니다.

가족들 즐거운 모임에 저희도 빨리 함께 할 수 있기를 바라지만 앞으로 언제가 될지는 모르겠군요.

창희 유아원 졸업하면서 찍은 사진 보냅니다. 아직 학교는 가는데 미리 사진이 나왔습니다.

표정이 많이 어색한 것 같은데 아직도 학교에서 잘 놀지만 서먹해하는 게 있습니다.

혼자 집에서는 너무 까부는데 나가면 얌전하고 조용한 편이에요.

저희는 시댁 부모님께서 6월달경 오실 것 같습니다.

몇 달 머무시다가 가실 것입니다.

저는 여전히 일 나가고 창희 아빠는 일주일에 두 번 정도 학교 가고 대체로 집에서 공부하고, 창희는 학교 가고 베이비시터한테 가고 하지요.

아빠도 많이 창희와 있는 편입니다. 아빠는 주로 밤에 공부하고 낮에 자고 창희는 혼자 TV 보고 장난감 가지고 잘 놉니다. 혼자 노는 데 많이 익숙해져 있어요. 그러다가 심심하면 아래층 베이비시터 집에 가서 아이들하고 놉니다.

대체로 저희 세 식구는 편안하게 생활하고 있는 편입니다.

그만 쓸게요. 두 분 건강하세요.

생신 즐겁게 보내세요.

New York 선희

미국 뉴욕에서 아버지와 성희, 선희.

어머니를 모시고 일본 규슈 관광길에서.
수달, 현정, 민지, 윤지, 성희, 둘째 며느리, 어머니와 선희.

금년에는 기대도 못했던 아버지도 만나서 좋았고 창희도 잔병 없이 잘 커 줘서 다행이었고 저 또한 적당한 곳의 직장으로 옮겨서 별 걱정 없이 한 해를 보낸 것 같습니다.

내년에는 창희 아빠도 마무리를 하는 해가 되리라 기대합니다.

연말연시에 식구들 모두 흐뭇하고 기쁘게 보내시고 아버지 엄마 새해에는 더욱 건강하세요. 내년에는 엄마 아버지 뵐 수 있었으면 좋겠습니다. 다른 식구들께 안부 전해주세요.

창희 생일 사진하고 여름에 바베큐 갔을 때 친구와 찍은 사진 학교에서 찍은 앨범 사진 보냅니다.

1994년 12월 16일 선희

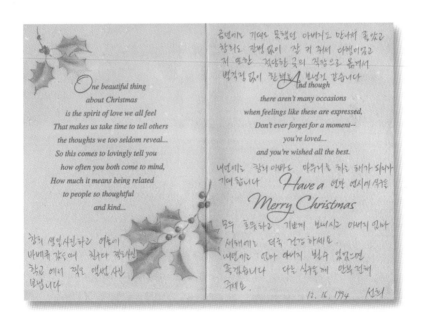

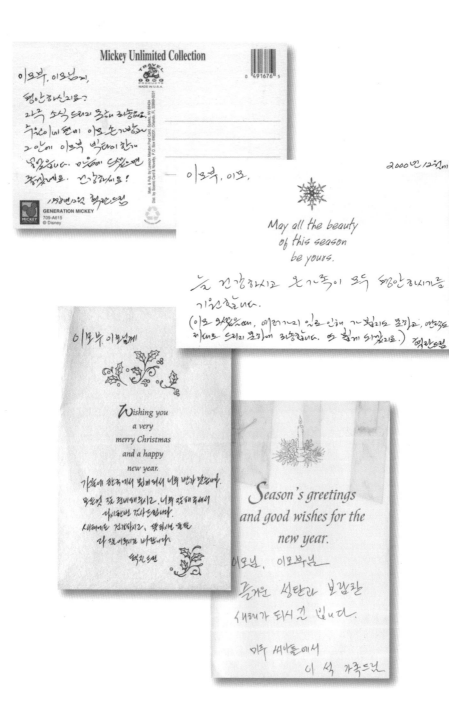

Mickey Unlimited Collection

0 491676 5

Man. & Pub. by Lawson Mardon Post Card. Equsts, WV 45424.
Dist. by Scenic Card & Novelty. P.O. Box 690201, Orlando, FL 32869-0201

이오부, 이오님께,

평안하신리요?

자주 소식 드리지 못해 죄송해요.
누님이써도에 이오 순가셨을때
그안에 이오부 받더이 한지
못했었어요. 이오에 댁에도
축하네요. 건강하세요!

1998년12월 현관으림

GENERATION MICKEY
709-A615
© Disney

2000년 12월에

이오부, 이오,

May all the beauty
of this season
be yours.

늘 건강하시고 온 가족이 모두 평안하시기를
기원합니다.

(이오 잘있었으며, 여러가지 일로 인해 가급지도 못하고, 연락도
제대로 드리지 못해 죄송합니다. 또 함께 뵈겠지요.) 현관으림

이오부 이모님께

*W*ishing you
a very
merry Christmas
and a happy
new year.

기쁨에 한국에서 형제분이서 너무 반가 뵀어요.
부탁일 잘 들어해주시고, 너무 잘해주셔서
비심으로 감사드려요.
새해에도 건강하시고, 영위나 충만
다 잘 이루시길 바랄께요.
현진 으림

*S*eason's greetings
and good wishes for the
new year.

이오님, 이오부님,

즐거운 성탄과 보람찬
새해가 되시길 빕니다.

미국 시아틀에서
이 석 가족드림

조카들의 엽서

이모부, 이모님께

평안하신지요? 자주 소식 드리지 못해 죄송해요. 수원이네 편에 이모 손가방과 그 안에 이모부 넥타이 한 개 넣었습니다.

마음에 드셨으면 좋겠네요. 건강하세요!

1998년 12월 혁란 드림

이모부, 이모님께

가을에 한국에서 뵙게 돼서 너무 반가웠습니다.

모든 것 잘 준비해주시고, 너무 잘해주셔서 다시 한 번 감사드립니다.

새해에도 건강하시고, 뜻하시는 일들 다 잘 이루시길 바랍니다.

혁진 드림

이모부, 이모

늘 건강하시고 온 가족이 모두 평안하시기를 기원합니다.

(이모 오셨을 때, 여러 가지 일로 인해 가뵙지도 못하고, 연락도 제대로 드리지 못하여 죄송합니다. 또 뵙게 되겠지요.)

2000년 12월 혁란 드림

이모님, 이모부님

즐거운 성탄과 보람찬 새해가 되시길 빕니다.

미주 시애틀에서 이 석 가족 드림

3부
할아버지 할머니께

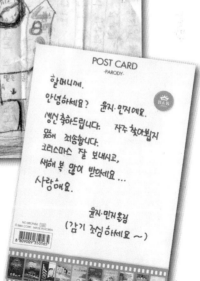

POST CARD
-PARODY-

할머니께.

안녕하세요? 윤지·민지예요.

생신 축하드립니다. 자주 찾아뵙지
못해 죄송합니다.
크리스마스 잘 보내시고,
새해 복 많이 받으세요 ...
사랑해요.

　　　　윤지·민지 올림
　　(감기 조심하세요 ~)

할아버지, 할머니께

손주들이 커가면서 명절이나 여행을 가면 할아버지 할
머니에게 꼭 소식을 전하곤 했다. 손주들은 대화를 나
눌 수 있는 조부모님이 계시다는 것에 감사했고 할아
버지 할머니는 자신들이 살아온 이야기와 경험들을 재
미있고 신기하게 들어주는 손주들이 있었기에 생기 있
는 노년을 보낼 수 있었다.

종하, 임경이
할아버지 할머니께

할아버지 할머니 안녕하서요.

낚시질 가서 노래를 했드니 선물을 줬는데 총을 받았어요.

또 산보 가려고 그랬는데, 못갔어요. 일요일 밤 대행진을 봤어요.

또 사진을 찍었어요. 할아버지 할머니 안녕히 계세요.

1984년 5월 6일

이름 이종하

할아버지 할머니 안녕하셔요?

춘천의 날씨가 매우 춥지요. 할머니가 보내주신 내이는 잘 받았어요.

임경이도 벌써 4살이 됐어요. 그런데, 아직 말도 하지 못해요.

그렇지만, 말은 잘 알아 들어요

미국에 있는 희영이한테 카드를 보냈어요.

할머니 할아버지 희영이한테서 카드가 왔어요.

할머니, 이제는 많이 안 아프세요.

할머니가 또, 아플까 봐 걱정이 돼요.

할머니 할아버지, 저는 수영을 못 갔어요. 같이 갈 친구가 없어서요. 그래서, 미술 학원에 다니기로 해서 더 즐거워요.

하교 방학 숙제는 매일 라디오를 듣고 해야 되요. 오늘은 마침 임경이가 일쩍 자서, 방학숙제 공작 만들기를 하나 했어요.

희영이는 언제 오는지 참 궁금해요.

나도 영어를 잘 했으면 좋겠어요.

오늘 아빠 숙직을 하여서 책을 읽으라고 하셔서 1시간 동안 책을 읽엇어요.

할아버지 할머니

추운 날씨에 안녕히 계셔요.

1986년 1월 2일

이종하 드림

할머니께

할머니 안녕하세요? 저 임경이예요.

할머니께서 보내주신 편지 속의 사진을 보고 저는 깜짝 놀랐어요.

내가 이런 모습을 하고 사진을 찍었나? 하는 생각이 들었어요.

할머니 말씀대로 저는 개학을 했어요.

이제 3학년이 될 생각을 하니 마음이 점점 부풀어 올라 가슴이 콩콩 뛰었어요.

민지도 학교에 입학하고 윤지 언니도 3학년에 올라가죠?

이젠 어린 시절도 다 지나간 듯 싶어요.

할머니, 아빠와 엘리베이터를 타고 15층에 올라갔을 땐 정말 아슬아슬하고 재미있었어요.

처음으로 엘리베이터를 많이 타봤기 때문이어요.

그럼 할머니 오래오래 사셔요.

안녕히 계세요

1991년 2월 14일

할머니를 사랑하는 손녀

임경 드림

포항에서 손자 종하와 함께하신 부모님.

손주들이 함께 모인 여름 휴가(강원도 고성).

할아버지, 할머니께

안녕하세요?

저 종하예요.

그사이 건강하셨는지 궁금합니다.

저희도 잘 있습니다.

할아버지 의장 되신 것을 축하드립니다.

할아버지께서 의장 되신 것이 아주 자랑스럽습니다.

선생님께서도 축하하셨어요. 편지에 썼거든요.

어제 아버지께서 늦게 들어오셔서 오늘 아침에야 보았습니다.

선물도 사오셨어요.

포항날씨는 너무 변덕스러워요.

서울 날씨도 그렇지요?

아버지께서 컴퓨터를 사주셨는데 아주 좋아요. 너무나 갖고 싶었거든요. 디스켓도 많아요.

우리 사회 선생님께서는 연수 가서서 27일날 오세요.

그래서 영어선생님이 대신 하세요.

아주 좋아요. 마음이 좋으시거든요.

그럼 이만 쓰겠어요.

안녕히 계세요.

1991년 9월 9일

이종하 올림

할아버지, 할머니께

할아버지, 할머니 안녕하셨어요?

아빠가 어젯밤에 서울에서 늦게 오셔서 오늘 아침에 보았어요.

아빠가 저에게는 피아노 필통을 사 주셨고, 오빠에게는 카세트 꽂이를 사주셨어요. 그리고 할아버지가 의장이 되신 것을 축하합니다.

아이들에게 정말 자랑스러웠어요. 그리고 나도 훌륭하게 자라겠다고 결심했어요.

할아버지 할머니께서 주신 돈은 아빠께 다 받았어요. 고맙습니다.

그리고 7월 31일 날에는 성구 오빠네와 원호 오빠네 가족이 와서 재미있게 놀았어요.

이제는 개학을 해서 학교에서 열심히 공부하고 있어요. 그리고 새로 전학 온 아이도 있어요.

아직 2학년이지만 곧 3학년이 되어요.

그때까지 열심히 공부하며 어머니, 선생님의 말씀을 잘 듣고 바르고 튼튼하게 자라겠습니다.

할아버지, 할머니, 건강 조심하시고 안녕히 계세요.

9월 9일

임경 드림

할아버지, 할머니께

할아버지, 할머니 안녕하세요? 저 임경이예요.

제가 편지를 자주 안 해서 심심하셨죠?

우리 오빠는 시험을 많이 치기 때문에 아직도 공부를 하러 가서 돌아오지 않았어요.

지금은 깜깜한 밤인데 오빠는 무섭지도 않은가 봐요.

그리고 오빠는 학교에 가서 밤늦게 돌아오기 때문에 토요일과 일요일에만 얼굴을 볼 수 있어요. 이렇게 오빠는 공부를 많이 하기 때문에 할머니 댁에도 갈 수 없는 것이어요. 저는 할아버지와 할머니를 어서 보고 싶은데 말이어요.

할아버지 할머니, 언제나 같이 있으면 좋겠죠?

오늘은 이만 습니다. 나중에 또 쓸께요.

너무 짧게 써서 죄송합니다.

안녕히 계세요.

1992년 3월 21일

할머니와 할아버지를 사랑하는

손녀 임경 올림

사랑하는 할아버지 할머니께

할아버지, 할머니 안녕하세요? 저 임경이예요.

오늘은 날씨가 매우 더웠어요. 춘천은 어때요?

저는 3학년이 되어서 친구들을 많이 사귀게 되었어요.

그랬더니 학교에 오는 것이 즐거워졌어요.

저번에 할아버지 할머니와 경주에 놀러갔을 때에는 정말 재미있었어요. 꽃도 많이 피어 있었고요. 참, 할아버지 생신이 가까워졌죠? 할아버지 생신을 축하드립니다.

오늘은 이만 쓸게요.

답장 보내 주세요.

1992년 4월 28일 임경 드림

할아버지, 할머니께

할아버지 할머니, 안녕하세요? 저 임경이예요.

춘천은 많이 추운가요? 여기도 추워서 파카를 입고 장갑까지 끼고 학교에 다녀요. 날씨가 추워지니 할아버지 할머니가 생각나서 편지를 쓰는 거예요.

편지가 많이 늦었죠? 얼마 전까지는 우체통에 손이 안 닿았지만, 이제는 키가 커서 편지를 우체통에 넣을 수 있어요.

며칠 전 시학력고사 시험을 반에서 1등을 해서 선생님께 칭찬을
많이 받았어요. 오빠도 1등을 해서 우수상을 받았어요

우리 동네 낙원아파트 3동 앞에서는 큰 공사를 하고 있어요. 3동
에 사는 내 친구는 너무나도 시끄러워 새벽부터 잠을 못 잔대요.

어제는 학교에서 도학력고사 시험을 쳤어요.

선생님은 무척 화가 나서서 모두 평균 60점도 안 된대요. 나는 걱
정이 됐지만 통지표에 안 나간다니 다행이었어요.

오늘은 이만 쓸게요. 안녕히 계세요. 참, 의료보험카드 보냅니다.

1992년 11월 28일
손녀 임경 올림

할아버지, 할머니께

그동안 안녕하셨어요?

춘천에는 지금 비가 온다면서요? 여기는 얼마전에 비가 내리고
지금은 햇빛이 눈부셔요. 덕분에 국군의 날에는 젖을까 봐 국기를
못 달았지만 개천절인 오늘은 집집마다 태극기가 펄럭이고 있어요.

엊그저께 전화로 말씀드렸지만, 이번 화랑 문화제 예선 대회에서
차상을 탔어요. 장원 다음이 차상으로 2등상이지요.

포항시 남부 초등학교에서 대회를 했었는데, 햇빛이 환히 쬐이는

그 자리에서 적은 제 글이 대동일보에 났어요. 한 장은 담임선생님께, 또 한 장은 아빠가 회사에서 얻어 오셨으니까, 한 장을 보내 드릴게요.

읽어 보세요.

참, 호주로 여행 가신다면서요? 잘 다녀오세요.

그럼, 이만 쓸게요. 언제까지나 건강하고 오래오래 사세요.

1995년 10월 3일

할아버지, 할머니를 사랑하는

손녀 임경 드림

초등부 산문 장원

이임경
(포철동국 6년)

포항

「흥, 야, 저기 포항 촌놈들 좀 봐.」
「그래, 여기까지 왔냐?」
4학년 때의 일입니다.
둥그런 햇님이 밝게 빛나는 하늘 아래 셀 수 없이 많은 사람들을 헤치며 행여나 선생님을 잃을까 봐 앞뒤 친구들끼리 손을 꼬옥 붙잡고 입구에 들어서는데 이런 목소리가 들렸습니다. 뒤돌아 보니, 대학생 정도 되어보이는 아저씨들이 우리를 빈정대듯 내려다 보고 있었습니다.
무슨 뜻일까. 우리가 마주보던 사이 아저씨들은 하핫 웃으며 저 쪽으로 가버렸고, 우리 역시 앞의 친구에게 이끌려 서로의 사이는 멀어지고 말았습니다. 하지만, 저만치 멀어져 가는 그 가죽 잠바 아저씨의 「촌놈」이란 말은 4학년이었던 우리의 마음에도 불쾌함을 심어주었습니다.
「이야, 야! 이것 봐.」

대전 엑스포에는 신기한 것들이 많았습니다.
장난감 같은 태양열 자동차, 밤이면 빛을 내는 한빛탑, 궤도 열차 등등 정신 없이 구경하고 신기해 하던 사이에 하루가 지나가고 단풍빛 아름다운 노을도 사라진 채 어두컴컴한 밤이 되었습니다.
멋진 호텔 방에서 친구들 대여섯 명과 잠자리를 깔고 누웠으나 처음으로 엄마, 아빠 곁을 떠난 들뜬 마음이 쉽게 가라앉혀질 리 없습니다. 그날 밤을 서로 때리고 웃으며 뜬 눈으로 새웠지만 이상하게도 엑스포 입구에서의 아저씨들 모습과 그 말은 머릿속을 떠나지 않았습니다.
「야, 아까 입구에서 아저씨를 얘기하는 거 들었어?」
「응, 우리 보고 촌놈이라고 했지?」
신나게 룰랄거리다가 지친 친구들의 이런 이야기에 나는 쓴웃음을 지으며, 잠시 생각에 잠겼습니다. 생각할 수록 화가 나고, 울화가 치밀었습니다.
나는 우리 포항을 사랑합니다.
포항 사람들은 결코 촌놈이 아니라고 생각합니다. 포항은 그 사이 많이 발전했고, 그런 이 곳이 자랑스럽습니다.
세계적으로 유명한 포항제철이 여기 있고, 전국에서 가장 아름다운 학교도 여기 있습니다.
흐르는 형산강을 보며, 나는 아주 훌륭한 사람이 되어 포항을 빛내 보겠다고 굳게 다짐해 봅니다.

임경의 글짓기 대회 수상작

초등부 산문 장원

이임경(포철동국6년)

포항

"흥, 야, 저기 포항 촌놈들 좀 봐."

"그래, 여기까지 왔냐?"

4학년 때의 일입니다.

둥그런 햇님이 밝게 빛나는 하늘아래 셀수없이 많은 사람들을 헤치며 행여나 선생님을 잃을까 봐 앞뒤 친구들끼리 손을 꼬옥 붙잡고 입구에 들어서는데 이런 목소리가 들렸습니다. 뒤돌아보니, 대학생 정도 되어 보이는 아저씨들이 우리를 빈정대듯 내려다 보고 있었습니다.

무슨 뜻일까. 우리가 마주보던 사이 아저씨들이 하하 웃으며 저쪽으로 가버렸고, 우리 여기 앞의 친구에게 이끌려 서로의 사이는 멀어지고 말았습니다. 하지만, 저만치 멀어져 가는 그 가죽 잠바 아저씨의 '촌놈'이란 말은 4학년이었던 우리의 마음에도 불쾌함을 심어주었습니다.

"이야, 야! 이것 봐."

대전 엑스포에는 신기한 것들이 많았습니다.

장난감 같은 태양열 자동차, 밤이면 빛을 내는 한빛탑, 궤도 열차 등등 정신없이 구경하고 신기해 하던 사이에 하루가 지나가고 단풍빛 아름다운 노을도 사라진 채 어두컴컴한 밤이 되었습니다.

멋진 호텔 방에서 친구들 대여섯 명과 잠자리를 깔고 누웠으나 처음으로 엄마, 아빠 곁을 떠난 들뜬 마음이 쉽게 가라앉혀질 리 없습니다. 그날 밤을 서로 때리고 웃으며 뜬 눈으로 새웠지만 이상하게도 엑스포 입구에서의 아저씨들 모습과 그 말은 머릿속을 떠나지 않았습니다.

"야, 아까 입구에서 아저씨들 얘기하는 것 들었어?"

"응, 우리 보고 촌놈이라고 했지?"

신나게 쿵쾅거리다가 지친 친구들의 이런 이야기에 나는 쓴웃음을 지으며, 잠시 생각에 잠겼습니다. 생각할수록 화가 나고, 울화가 치밀었습니다.

나는 우리 포항을 사랑합니다. 포항 사람들은 결코 촌놈이 아니라고 생각합니다. 포항은 그 사이 많이 발전 했고, 그런 이 곳이 자랑스럽습니다.

세계적으로 유명한 포항제철이 여기 있고, 전국에서 가장 아름다운 학교도 여기 있습니다.

흐르는 형산강을 보며, 나는 아주 훌륭한 사람이 되어 포항을 빛내 보겠다고 굳게 다짐해 봅니다.

산문부 차상
이임경(포철동국교6년)

손수건

"오빠, 이것 좀 봐. 내가 만들었어."
"……"

초등학교 3학년 때까지만 해도 이랬었다. 나는 레고나 상자로 멋지게 만든 성, 집등을 오빠에게 자랑하곤 했지만, 열심히 교육 방송을 보던 오빠는 힐끗 눈길만 주고 그만이었다. 그러면 나는 나대로 입을 삐죽거리며 토라지곤 하였다.

하지만 오빠가 새벽에 일어나 조반을 먹고 집을 나설때면 난 언제 화가 났었냐는 듯이 잠옷을 입은 채로 뛰쳐나가

"오빠 안녕." 하며 손을 흔들어 주기 일쑤였다. 그러면 나에게 별 관심 없는 것 같던 오빠도 여드름이 가득한 얼굴에 보일락말락한 엷은 미소를 보여주며 돌아서는 것이었다.

동네에 또래가 한 명도 없는 나에게는 그저 6살이나 나이 차가 나는 오빠만이 유일한 친구였다.

공부하기에 바빠 나와는 놀아 줄 시간도 없는 오빠였지만 그렇기 때문에 더욱 자랑스럽고 친근감 느껴지는 오빠이기도 했다.

학교에 가서도 누가 나를 괴롭힐라 치면,

"우리 집에 고등학생 오빠 있어, 널 혼내 줄거야."

라고 으름장을 놓을때가 많았다.

그렇게 지내던 어느 날. 크리스마스 이브인 동시에 내 생일인 12월 24일이 돌아왔다.

예쁜 고깔 모자를 쓰고, 11개나 되는 촛불을 끄며 소원도 빌었다.

엄마, 아빠께는 커다란 학용품 세트를 선물 받았고, 오빠 차례가 되었다. 멋쩍어 하며, 뒤적거리던 주머니에서 나온 오빠의 손에는 재미있게 생긴 오리가 그려진 손수건이었다.

난 너무나도 기뻐서 오빠를 껴안고 뽀뽀해 주었다. 그때의 내 마음은 손수건이 예뻤기 때문만이 아니라 고맙다는 생각으로 가득 차 있었다.

그 후로 2년이 지났다. 고등학교 3학년으로 대학 입시를 앞둔 오빠는 전보다 더 볼 기회가 없어졌다.

또, 손수건도 아껴 쓰느라고 지금까지 흠집 하나 없이 깨끗하고 소중하게 쓰고 있다. 내가 받았던 선물 중 가장 뜻 깊고, 왠지 모르게 마음에 든 선물이었기에 내 손으로 빨고, 말리고, 친구들에게 자랑해 오던 터였다.

오늘도 오빠는 빵으로 아침을 때우고 씩씩하게 집을 나선다.

"다녀오겠습니다"라면서 돌아서는 오빠의 짧은 스포츠머리가 오늘따라 내 손수건처럼 멋있어 보인다.

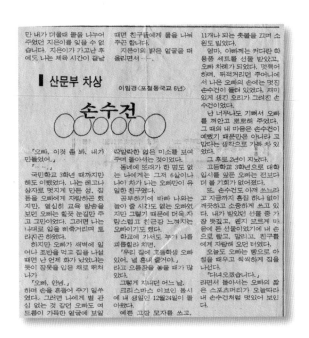

할머니, 할아버지께

안녕하셨어요?

추석 재미있게 보내고 그 날 무사히 돌아왔어요. 오빠도 잘 들어
갔다고 전화가 왔어요. 할머니도 그때 서울 가신다고 했는데 볼 일
잘 마치셨어요? 창희네와 찍었던 사진이 나왔는데 10월 초에 고모
부가 오신다고 하니까 좀 전해주세요.

저희 반은 오늘 운동장에서 야영을 해요. 불꽃놀이도 하고 캠프
파이어도 할 거예요. 밤에는 뒷산 묘지 터에서 담력 훈련을 할 생각
인데 정말 기대가 됩니다. 지금 한창 준비를 하고 있어요.

저희 조 조장은 반에서 제일 뚱보인데 식단을 너무 엄청나게 짜
서 다들 놀랐어요. 저녁은 오므라이스, 야식도 있는데 떡볶이와 라
면이에요. 게다가 배가 고플지 모른다며 과일도 좀 갖고 오래요. 이
틀 동안 살이 많이 찔 것 같아요.

오늘은 토요일 오후인데, 엄마는 옥상에 된장 보러 가셨고 아빠
는 운동하러 가셨어요. 저도 조금 있으면 두 손 가득 돗자리, 침낭
등을 들고 학교에 가야 해요.

할아버지, 할머니. 운동 많이 하시고 건강하세요. 그리고 날씨가
추워지면 온천 하러 내려오세요.

안녕히 계세요.

1997년 9월 20일

손녀 임경 올림

할아버지, 할머니께

그간 안녕하셨는지요 건강하시지요?

저 종합니다. 저도 잘 있습니다.

내일이면 저도 3학년이 됩니다. 그래서 오늘 하루는 개강 준비로
하루를 보냈습니다.

3학년부터 진정으로 공부가 시작된다는 교수님의 말씀을 듣고는
3학년 과목들을 보니 이제 진정으로 공부를 시작한다는 느낌이 들
더군요. 그리고 약간 설레기도 하고요.

지금까지는 아무렇지도 않았는데 아버지가 겪으셨을 장남에 대
한 부담감이 갑자기 드는 거 있죠.

저도 이제 커가나 봅니다. 하하. 하지만 싫지는 않습니다.

저도 이제 책임감이라는 것을 느끼고 가지고 나머지 대학생활을
열심히 하겠다는 것입니다.

멀리서 지켜보는 할아버지 할머니께서는 약간은 부담감을 가지
고 계실 줄 압니다.

하지만 걱정하지 마세요. 열심히 해 나갈게요.

그럼 건강하시고요. 이만 쓰겠습니다.

조만간 찾아뵙겠습니다.

안녕히 계십시오.

1998년 3월 1일

이종하 올림

=우리 다롱이=

할아버지, 할머니께.

안녕하세요?

그동안 잘 계셨나요?

즐거운 크리스마스와 좋은 새해가

되기를 진심으로 바랍니다.

항상 건강하세요.

MERRY

CHRISTMAS

- 임경 드림 -

ANEMONE AND CLOWNFISH
Great Barrier Reef, North Queensland
Photo: Roger Steene

93269094

사랑하는 할머니 ♡

엽서로 인사드리는 건 너무 오랜만인것

같아요. 건강히 잘 지내고 계시죠?

전 이번에 친구와 케언즈라는 곳에

여행을 다녀 왔어요. 맑은 바다와

산호초가 정말 아름다운 곳이에요

사진도 너무 이쁘고 할머니 생각이

나서 엽서 보내 드려요. 다음에 꼭

한번 같이 여행와요 할머니

감기 조심하셔구 11월에 한국 가서

뵐께요 😊 ♡♡

- 임경 드림 -

PEER PRODUCTIONS Box 1045, Cairns, Qld. 4870. Ph: (07) 4041 7111. Fax: (07) 4041 7100
Website: www.peerproducts.com
Email: info@peerproducts.com

To. Soo Kon.

서울시 강남구 역삼동 757

역삼래미안 104동 601호

South Korea

© Copyright

And sending you
this Mother's Day wish
filled with loving appreciation
for your warm heart, your kindness,
and all the other qualities
that make you so very special.

Happy
Mother's Day

할머님!
어느새 일년이 지나고 또 어버이날이 되었어요.
할머님이 항상 건강하셔서 저희가 얼마나 든든한
마음인지 모릅니다. 올해는 또 직접 카네이션을 달아드
리지는 못하지만 내년부터는 꼭 예쁜 카네이션 옆에서
달아드릴게요 - 건강하시고요. 7월에 뵙겠습니다

경하. 연후. 지호. 현규 드림
안녕히 계세요 -

희영, 현정이
할아버지 할머니께

외할아버지 외할머니께

외할아버지 외할머니 안녕하셨어요?
우리도 잘 있읍니다.
디즈니랜드에 갔어요. 영화극장에서 크게 영
화가 나와서 정말로 미국은 세계에 있는 것 같
았어요. 자동차도 탔어요. 앞에서 천천
히 가서, 뒤에서 자꾸 밀었어요.
빨리 가는 기차도 탔어요. 얼마나
무서웠는지 떨어지는 것 같았어요.
배도 탔어요. 이모 할머니는 귀가 아
주 먹어서 1글지도 못 들어요. 우리가
얼마나 답답했어요. 외할아버지 외할머
니 몸 건강히 잘 계셔요. 1985년8
월 19일 유희영 올림

할머니께

할머니 안녕하셨어요. 우리도 잘 있어요.

할머니, 한복 잘 받았어요. 한복이 너무 예뻤어요. 엄마도 한복이 예쁘대요. 고맙습니다.

할머니 몸 이제 다 났어요?

한국은 눈 왔지요? 엄마가 한국은 눈이 왔다고 말해주셨어요. 그런데 여기는 눈이 안 왔어요.

어제는 추수 감사절이래서 저녁을 Turkey(칠면조)를 먹었어요. 기계과 사람들이 한 집에 모두 모였습니다. Turkey가 참 맛있었어요. 놀다 보니 밤 12시에 집에 왔어요.

오늘은 백화점에서 추리를 샀어요. 추리에 다는 불도 샀어요.

10월달에 엄마가 목에 하얗게 편도선염이 생겨서 엄마가 아팠어요. 그런데, 이젠 다 났어요.

할머니 할아버지 안녕히 계셔요.

우리는 4일 동안 놉니다. 2일은 추수감사절 휴일인데 우리나라 추석과 같다고 합니다.

여기는 토요일을 놀기 때문에 토요일 일요일 함께 4일이 되지요.

1985년 11월 29일

희영 올림

할머니 할아버지께

할머니 할아버지 안녕하셨어요?

할머니 편지 잘 받았어요. 저희들은 5월 25일부터 6월 4일까지 동부여행을 했습니다.

수도 워싱턴에는 미국 대통령이 살고 있습니다. 그곳에서 미국 대통령 집에도 갔어요. 거기에는 파랑방, 노란방, 빨간방, 초록방이 있었습니다. 워싱턴에는 경찰이 많았습니다. 한번은 경찰한테 걸린 줄 알았습니다. 워싱턴에는 유학생을 위한 수양회 때문에 갔었습니다. 수양회에서 네 밤을 자고 갈 때에는 여관에서 하룻밤 자고 올 때에는 네 밤을 텐트에서 잤습니다.

수양회 하는 곳에는 큰 연못이 있었습니다. 나는 그곳에서 고기를 잡을 때 영석이가 거기서 옷을 입고 모르고 빠졌습니다. 그 연못은 매우 깊어요. 그래서 내가 엄마한테 말해서 엄마까지 빠져서 영석이를 건져 냈습니다.

버지니아주에서 긴 다리를 지났어요. 그 거리가 춘천에서 홍천 가는 기리(길이)여요. 바다와 바다를 연결했대요. 또, 굴 속에도 갔었습니다. 참 신기한 것이 많았어요. 할머니 할아버지와 갔던 굴보다 훨씬 클 꺼예요.

할머니 할아버지 안녕히 계셔요.

1986년 6월 8일
유희영 올림

할아버지 할머니께

할아버지 할머니 안녕하셨어요?

7월 4일이 미국 독립기념일이었습니다.

미국이 영국으로부터 독립한 날을 기념하는 날이라고 아빠가 설명해 주셨어요.

우리 식구들은 그날 저녁 불꽃놀이를 보러 갔습니다. 불꽃은 참 예뻤습니다.

요즈음엔 여름학교도 끝냈고 두발자전거를 배워서 타고 있습니다. 두발자전거에 보조바퀴가 있어야 탈 수 있었는데 이제는 보조바퀴 없이 잘 탈 수 있어요. 현정이와 영석이도 자전거를 타며 놉니다. 영석이 자전거는 현정이와 함께 타는데, 헌 자전거를 옆집에서 샀는데, 그래도 새것입니다. 보조바퀴 있기 때문에 타지요. 할아버지 지금도 테니스 쳐요?

할아버지, 할머니 언제 미국에 오실 꺼여요? 할아버지 할머니 오시면 자유의 여신상 보러 간대요. 자유의 여신상은 참 커요.

나는 빨리 보고 싶어요. 7월 4일에 텔레비전에 많이 나왔어요.

우리는 수영을 배우려고 합니다. 그리고 현정이는 바이올린을 배우려고 합니다.

할아버지 할머니 안녕히.

1986년 7월 7일
유희영 올림

인디애나 퍼듀의 성희네 집에서. 성희, 맏사위 유태환, 영석, 희영, 현정, 창희, 선희(1988).

성희 가족의 일본 사이타마 창섭네 방문. 정원, 희영, 현정, 영석, 창섭, 유태환(1990년).

할아버지 할머니께

할아버지 할머니 안녕하셨어요?

우리도 잘 지내요.

오늘은 엄마가 김치를 하시고 있으셔요.

나랑 현성이는 보조바퀴 없이 자전거 탈 줄 알아요. 내 자전거는 남자 자전거래서 영석이가 보조바퀴 없이 타면 영석이가 내 자전거를 타고 엄마가 나한테 새 자전거를 사줄려고 해요.

현정이는 지금 자고 있어요. 영석이는 놀고 있어요. 내일 교회 갈 꺼예요.

내일 저녁때 외식을 할려 해요.

할머니 할아버지 무엇하셔요?

저는 지난 토요일에 미국 아이 새 친구 집에 갔었어요. 그 아이 삼촌이 한국에서 군인을 했대요. 그 집에서 재미있게 놀았어요.

3일만 있으면 10월달이예요. 10월 31일에는 할로인이라고 밤에 무섭게 변장하고 집집마다 다니며 사탕이나 스티커를 받는 날이예요. 나는 어려운 단어만 없으면 영어책을 읽을 주 알아요.

엄마는 내가 중학생 같대요.

할아버지 할머니 나랑 현정이 파마 했어요. 현정이가 먼저 했어요. 나는 늦게 해서 밤 12시에 잤어요.

우리가 사진 찍어 보내 드릴께요. 우리 반은 한 번 시험을 봤는데 월요일에 또 본대요. 우리 반에는 컴퓨터도 있어요. 나랑 다른 애들도 컴퓨터 만져봤어요. 우리 반은 19명, 영어 못하는 애들은 나까지 세 명이예요.

우리 선생님은 1986년 6월에 결혼을 했어요.

올해는 나랑 현정이랑 소녀단을 해요. 현정이는 바이올린 배워요. 영석이도 바이올린 배우고 싶대요.

위에는 어제에 대해서였고 오늘도 말할께 있어요.

저녁때 피자 먹으러 갔어요.

TV는 무서워도 재미있었어요. 할아버지 할머니는 피자 먹어봤어요? 난 많이 먹어봤어요.

할아버지 할머니 안녕히 계서요.

1986년 9월 28일 일요일

유희영 올림

할아버지 할머니께

할아버지 할머니 안녕하서요?

나는 여기에서 미국 말을 더 말을 잘 해요. 우리 반에서 공부를 잘 하는 아이 한 명을 뽑았는데 제가 됐습니다.

이제는 쉬운 영어 동화책도 몇 권 읽었어요.

우리나라 글자도 거의 다 읽을 수 있어요.

엄마 아빠가 기뻐합니다. 할머니 할아버지 꼭 오셔요.

유현정 올림

현정이가 글씨를 제법 썼지요?

불러주면 어느 정도 쓰지요.

그리고 현정이는 편지라든가 쓰는 것을 좋아하는 것 같아요. 짓기에 재주가 좀 있는 것 같다고 애기 때도 애기 드렸던 것 같은데요. 희영이는 착하고 모든 것 잘 해나가고 현정이는 고집이 있어 기분 내키는 대로 깜짝 놀라도록 잘하기도 하다가 더 실망할 수 없을 정도로 효과 없이 멍할 때도 있고 그래요.

그래서 차분히 착실히 공부 잘하는 희영이가 수월하고 훌륭하다고 하면 희영 아빠는 현정이는 비범하기 때문에 제가 힘든 거래요. 현정이는 노력하는 것 싫어하고 그래서 오히려 희영이보다 시계 보는 것이라든가 산수 빼기 같은 것 희영이만큼 머리가 못 도는 것 같거든요.

그래도 둘다 〈훌륭한, 빼어난→시민〉이라고 애들 공부 잘하고 친구 관계 좋고 한 능력 있는 애들을 한 명씩 뽑는데 현정이는 자기 반에서 2명 후보 중 당선되었고 희영이는 4명 후보 중 제비뽑아서 떨어졌대요.

그래서 그 추천장을 집으로 가지고 왔더군요. 현정이는 2명 선생님이 후보 뽑아 선거를 애들이 했는데 현정이가 2명 제외하고 다 자기를 뽑더래요.

그래서 희영 아빠와 제가 너무 기뻐서 하느님께 감사를 드렸답니다. 희영 아빠가 작년부터 애들 위해 기도했대요.

1987년 3월 1일

성희 올림

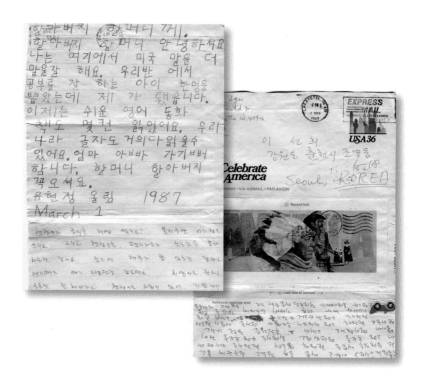

할아버지, 할머니께

안녕하세요? 그동안 잘 지내셨습니까!

저희는 이제 미국에 온 지 1주일이 되어갑니다.

처음에는 집에 조금 실망했는데, 하루가 지날수록 정이 들어서 3년 후에 떠날 때에는 일본을 떠날 때처럼 아쉬워할 것 같습니다. 아직도 시차를 극복하지 못해서 낮잠을 조금씩 잡니다. 학교는 아직 안 다니는데, 어제 한국인 교회에서 듣기로는 전교의 27% 정도가 한국인이라서 친구 사귀는 데에는 큰 어려움이 없을 것 같습니다.

저는 1년밖에 공부할 시간이 없어서 (대학입시) 걱정인데, 열심히 하겠습니다.

어제 집 가까이(차로 10분) 있는 한인 슈퍼에 갔는데, 떡에서부터 때밀이 타올까지 없는 것이 없어서 일본에 있을 때보다 한국 물건 구하기는 편할 것 같습니다. 한국 문제집과 문방구를 파는 곳도 있다고 합니다.

이모부, 이모와 창희도 모두 잘 있습니다. 제 생일에 모두 저녁을 같이 먹었을 때 사진을 찍었는데 나오면 보내드릴게요.

건강히 안녕히 계세요.

1996년 4월 1일

유희영 올림

할아버지 할머니께.

안녕하세요? 전화로 자주 이야기하는데도 펜을 드니까 왠지 오래 간만에 뵙는 기분이 드네요. 오늘은 할머니 생신이에요. 그래서 하나님께서도 축복하시려고 그러시는지. 서울에 올겨울에는 처음으로 눈이 쌓였어요.

온 세상이 하야니까 너무나 예쁘네요.

할아버지 할머니 이번 겨울은 좀 특별하죠?

새천년이 시작될 거니까요.

새천년을 두 분과 함께 맞이할 수 있어서 너무 기뻐요~~ 언제나 건강하세요!

겨울방학하고 올해가 가기 전에 가능하면 춘천에 놀러가서 뵙도록 할게요.

그때까지는 험난한 시험기간이 남아 있네요. 추운데 건강 조심하시고 곧 뵐 때까지 안녕히 계세요. ♥

1999. 12. 14.

큰손녀

유희영 올림

할아버지, 할머니께

새해에 처음으로 올리는 편지입니다. 요즈음 날씨도 추운데, 따뜻하시고 건강하시죠?

어느덧 출국할 날짜가 사흘밖에 안 남았습니다. 부모님과 편안한 집에서 생활해서 그런지, 나이가 들어서 떠나려고 해서 그런지, 발이 쉽게 떨어지지를 않네요. 전에는 어떻게 제 꿈이 외교관이었는지 의아할 정도입니다.

할아버지 할머니, 육 개월 만이지만, 가서 많이 배우고 느끼고 오도록 노력할게요. 대학생으로서 마지막 한 해이기 때문에 열심히 어디서나 최선을 다해야 나중에 후회를 안 할 것 같습니다. 오래간만에 글을 쓰려니 어색하네요. 더욱 자주 편지를 써야겠다는 생각이 듭니다.

건강하시고요, 두 분 즐겁게 하루하루를 오순도순하게 보내시기를 바랍니다! 저도 나중~에 남편과 할아버지 할머니처럼 현대식으로 다정하게 살고 싶네요. 안녕히 계세요.

큰손녀

희영 올림

할머니 할아버지께,

새해에 복 많이 받으시고, 언제나 건강하고 행복하게 사세요.

두 분 함께 다니시는 모습이 너무 아름다워 보이세요.

명절 때밖에 못 뵈어도 중간중간에 연락 드릴께요.

제가 가장 사랑하는 할머니와 할아버지, 내년에는 올해보다 더욱 즐거운 한 해가 되시기를 바랍니다.

2002년 12월 25일

미국에서

유희영 올림

희영이 할머니 할아버지께

안녕하세요. 직접 찾아뵙지 못하고 이렇게 카드로 인사드리게 되어 죄송합니다.

언젠가 교회에서 처음 인사드렸을 때 희영이가 할머니 닮아 미인이구나 생각했습니다. 평소에 희영이한테 할머니 할아버지 말씀 많이 들었습니다. 또 이번 연말에는 할머니 할아버지 염려와 관심으로 소중한 손녀딸 희영이와 뜻깊은 시간을 보내고 있습니다.

새해에 더욱 건강하시고, 가정에 평안 함께 하시길 기도 하겠습니다. 한국에서 다시 반갑게 인사드리겠습니다.

2002. 12

강대욱 드림

할아버지 할머니 외삼촌 외숙모께,림경에게

큰 가족이 되셨네요. 한 지붕에서 올 해 겨울을 맞이하시게
되어 즐거우시겠습니다. 저희 어머니와 현경이와도 가까워서
저도 마음이 좀 더 놓입니다. 제가 비록 멀리 있어도 큰가족이
가까이 계셔서 엄마가 심심해 하시지 않으실 것 같아서요.
할아버지, 추운 날에는 운동 나가시는 것 조심하시고, 늘 건강하세요.
할머니, 식사 잘 드시고 늘 아름다우세요. 많이 쉬시고요 ~
저는 지난주에 이곳 위스콘신에 도착해서 지난주는 주부로서 첫
밀주일을 보냈습니다. 처음에는
밥 세게 만들고 (점심은 도시락을
싸가즘니다), 집안 정리하는
것이 무척 피곤하였습니다.

May the spirit
of peace be with you 할머니는 어떻게 몇십
this Christmas. 년을 하셨는지, 너무
존경스러워졌습니다.

오늘부터는 2H 학교 가는 시간에 저도 도서관 와서
책들 보고 있습니다. 마음이 크지 않아서 옛날에
인디애나에 살던 생각이 나네요. 언제 여기 꼭 놀러오세요?
즐거운 크리스마스 보내시고, 새해에는 좋은 일들만 가득하기를
기도드리겠습니다. 추운 겨울 따뜻하게 보내세요.

2003.12.7. 유 희엽 배상

할아버님 할머님 Merry Christmas 와 Happy New Year 입니다.
새해 2004 년에 이사하신 서울집에서 보다 풍성한 노년되시길
기도드리겠습니다. 건강하시고, 두분
계속해서 튼튼한 할아버지, 할머님으로
지켜봐 주세요. 강 대욱 올림.

할아버지 할머니 외삼촌 외숙모님께, 임경에게

큰 가족이 되셨네요. 한 지붕에서 올해 겨울을 맞이하시게 되어 즐거우시겠습니다. 저희 어머니와 현정이도 가까워서 저도 마음이 좀 더 놓입니다. 제가 비록 멀리 있어도 큰 가족이 가까이 계셔서 엄마가 심심해하지 않으실 것 같아서요.

할아버지, 추운 날에는 운동 나가시는 것 조심하시고 늘 건강하세요.

할머니, 식사 잘 드시고 늘 아름다우세요. 많이 쉬시고요~

저는 지난주에 이곳 위스콘신에 도착해서 지난주는 주부로서 첫 일주일을 보냈습니다. 처음에는 밥 세 끼 만들고(점심은 도시락을 싸줍니다) 집안 정리하는 것이 무척 피곤하였습니다. 할머니는 어떻게 몇십 년을 하셨는지, 너무 존경스러워졌습니다.

오늘부터는 오빠 학교 가는 시간에 저도 도서관에 와서 책 좀 보고 있습니다.마을이 크지 않아서 옛날에 인디애나에 살던 생각이 나네요. 언제 여기 꼭 놀러오세요!

즐거운 크리스마스 보내시고 새해에는 좋은 일만 가득하기를 기도드리겠습니다. 추운 겨울 따뜻하게 보내세요.

2003년 12월 7일

유희영 배상

할아버지. 할머님 Merry Christmas와 Happy New Year입니다.

새해 2004년에 이사하신 서울 집에서 보다 풍성한 노년 되시길 기도드리겠습니다. 건강하시고, 두 분 계속해서 든든한 할아버지 할머님으로 지켜봐 주세요.

강대욱 올림

윤지, 민지가
할아버지 할머니께

할머니 할아버지께

할머니, 할아버지 안녕하세요? 할머니, 할아버지께서는 건강하시겠지요? 저와 민지는 건강하게 잘 지내고 있습니다. 요즘 할아버지께서 바쁘시나요? 날씨가 추워지는데 건강 조심하세요.

저의 식구는 방학 동안 경주, 대둔산, 쌍계사 등 여러 곳을 갔었어요. 요번 일요일에는 땅끝마을에 간다고 해요.

방학숙제는 탐구생활과 생활 일기는 하는 중이고, 그리기, 독후감, 만들기를 해야 해요. 저는 과학책을 읽고 있는 중이예요. 오늘은 학교에서 읽으라는 책이 소포로 와서 읽었어요. 내일은 독후감을 쓸 거예요. 이제는 방학도 20일밖에 남지 않았어요. 우리 식구는 구정 때 춘천 할머니 댁으로 갈 것이어요.

만나 뵐 때까지 안녕히 계세요.

1992년 1월 17일 윤지 올림

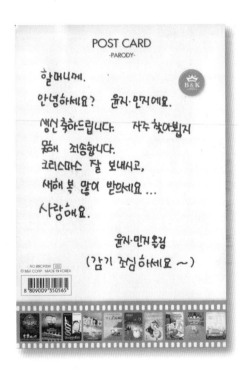

윤지 민지가 제작한 가족신문 〈울타리〉(1998년 10월 15일).

창섭, 정원이
할아버지 할머니께

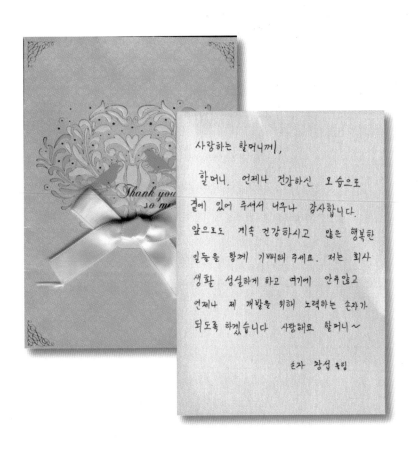

사랑하는 할머니께,

할머니, 언제나 건강하신 모습으로
곁에 있어 주셔서 너무나 감사합니다.
앞으로도 계속 건강하시고 많은 행복한
일들을 함께 기뻐해 주세요. 저는 회사
생활 성실하게 하고 여기에 안주않고
언제나 제 개발을 위해 노력하는 손자가
되도록 하겠습니다 사랑해요 할머니~

손자 창섭 올림

할머니! 저 손녀, 정원이예요-

잘 지내시죠? 울면서 독일 간 지가 벌서 한 달이나 지났네요. 걱정했던 거와 달리 잘 지내고 있어요! 향수병도 아직 안 오고요.

밥도 잘 챙겨먹고, 친구들이랑도 잘 지내고요. 할머니께서 저 떠나는 날 우서서 제 마음이 너무 아팠어요- 울지 마세요, 할머니. 저 씩씩한 거 아시죠? 완전 잘 지내고 있어요. 모르는 거 있으면 외국 애들한테 계속 물어보면서 잘살고 있으니까 걱정 마세요! 공부 열심히 해서 성적도 잘 받아 갈게요! 이 엽서는 제가 사는 동네예요. 가운데 사진에서 보면 강이 있는데, 강 건너면 바로 폴란드 있어요 ^^

좋죠? 항상 건강하세요, 안녕히 계세요-

정원 올림

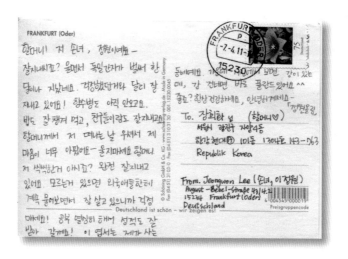

지섭, 지현이
할아버지 할머니께

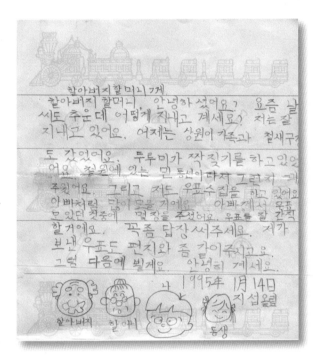

할아버지, 할머니께

할아버지 할머니, 안녕하셨어요? 요즘 날씨도 추운데 어떻게 지내고 계세요? 저는 잘 지내고 있어요. 어제는 상원이 가족과 철새구경도 갔었어요. 두루미가 짝짓기를 하고 있었어요. 철원에 있는 민통선이라서 그런지 꽤 추웠어요. 그리고 저도 우표수집을 하고 있

어요. 아빠처럼 많이 모을 거에요. 아빠께서 우표 모았던 것 중에
몇 장을 주셨어요. 우표를 잘 간직할 거에요. 꼭 좀 답장 써주세요.
제가 보낸 우표도 편지와 좀 같이 주시고요.

그럼 다음에 뵐게요. 안녕히 계세요.

1995년 1월 14일

지섭 올림

희영이 언니, 현정이 언니, 영석이 오빠에게

희영이 언니, 현정이 언니, 영석이 오빠 안녕? 나 지현이야. 우선
희영이 언니 답장 잘 받았어. 언니 편지를 받으니 언니가 보고 싶고
생각나. 언니 너무 보고 싶어.

우리 가족은 오늘(10월 27일 일요일) 에어쇼 보러 갔다 왔어.

'언니도 같이 갔으면 좋을 텐데……' 하고 생각도 했지만 자리가
없어서 탈이야. 언니가 알려준 비밀 이야기(영석이 오빠) 비밀은
잘 알아. 그리고 현정이 언니! 언니 사진을 못 봐 얼굴이 달라졌는
지 안달라졌는지 모르겠어. 모하고 지냈어? 난 몸 건강해 언니는?

한국 올 때 우리 집에 와. 또 영석이 오빠! 공부하느라고 힘들지
오빠도 보고 싶어. 이는 괜찮아?

주소와 함께 답장을 기다릴게.

지현

"할머니께"

할머니-

내일이면 드디어 미국으로 가네요.

가서 잘하고 건강하게 돌아올게요.

가는 준비 도와주셔서 정말 감사합니다. ♥

할머니 아니였으면 제대로 준비하기 어려웠을 꺼에요.

여러 충고와 조언 그리고 용돈, 가방, 전자사전 모두 감사해요.

할머니께서 믿어주시고 챙겨주신 만큼, 아니 더 많이 발전하고 열심히 공부하다 올께요.

도착해서 전화 드리고 자주는 아니더라도 가끔이라도 전화랑 편지할께요

할머니, 몸 건강히(마음도) 계세요♥

손녀 지현 올림

할머니께

할머니-! Merry Christmas

그리고 새해 복 많이 받으세요.

저는 정말 정말 잘 지내고 있어요.

학교도 솔직히 한국 학교보다 훨씬 재밌구요.

벌써 2006년이네요. 시간은 정말 빠르다는 걸 다시 한 번 느끼고 있답니다. 가끔 정말 지나가는 시간을 잡고 싶어요.

저는 크리스마스 때 동부 쪽을 갈꺼에요. 호스트 가족의 친척들도 만나고 백악관 안도 들어가요!

여기서 잘 지내고 잘하고 있는 모습 보여드리고 싶은데 방법이 없어 글로만 쓰는 점이 아쉽네요.

추운데 감기 조심하시구요-

2005년 12월 22일
텍사스, 러벅에서
지현 올림

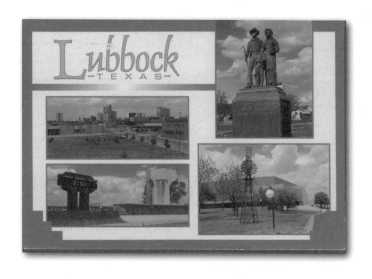

상원, 두원이
할아버지 할머니께

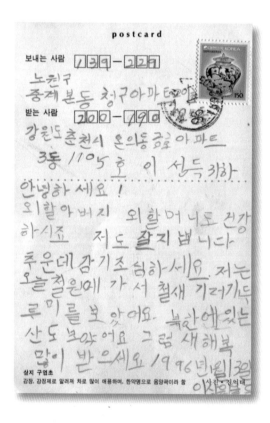

postcard

보내는 사람 <u>139-227</u>
노원구
중계 본동 청구아파트 ○○

받는 사람 <u>200-190</u>

강원도 춘천시 온의동 금호아파트
3동 1105호 이 상득귀하

안녕하세요!
외할아버지 외할머니로 건강
하시죠 저도 잘지냅니다
추운데 감기조심하세요. 저는
오늘 철원에 가서 철새 기러기두
루미를 보았어요. 북한에있는
산도 보았어요 그럼 새해복
많이 받으세요 1996년 1월 3일

삵지 구엽초
강장, 강정제로 알려져 차로 많이 애용하며, 한약명으로 음양곽이라 함

안녕하세요!

외할아버지 외할머니도 건강하시죠.

저도 잘 지냅니다.

추운데 감기 조심하세요.

저는 오늘 철원에 가서 철새 기러기, 두루미를 보았어요. 북한에 있는 산도 보았어요.

그럼 새해 복 많이 받으세요.

1996년 1월 13일
이상원 올림

외할머니 외할아버지께

외할머니 외할아버지 그동안 안녕하셨어요. 저도 잘 지냅니다.

저는 지난번에 경주에 갔었어요. 가서 경주 박물관에 갔었고,

김유신 장군 묘, 석가탑, 다보탑, 안압지, 포석정, 불국사를 갔었어요.

그리고 할머니 우표 좀 많이 보내 주세요. 그리고 몸 건강이 잘 계세요.

1996년 8월 21일
이상원 올림

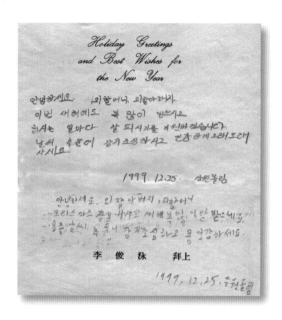

안녕하세요. 외할머니, 외할아버지

이번 새해에도 복 많이 받으시고 하시는 일마다 잘 되시기를 기원하겠습니다.

날씨 추운데 감기 조심하시고 건강하게 오래오래 사세요.

1999년 12월 25일 상원 올림

안녕하세요. 외할아버지, 외할머니

크리스마스 잘 보내시고 새해 복 많이 받으세요.

요즘 날씨 추우니 감기 조심하고 몸 건강하세요.

1999년 12월 25일 두원 올림

지현, 두원, 지섭과 할머니.

손자 창희와 약혼녀 브루나(2014년 1월 4일, 필경재).

4부
수곤의 일기

1967년 6월 26일~1970년 2월 5일

우리 형제 중 제일 먼저 춘천을 떠나 서울 생활을 시작한 맏아들. 7남매의 맏이라는 무게감에서 자유로울 수 없었던 그에게는 언제나 부모님은 돌봐드려야 하는 대상이었다. 무더운 여름, 봉의산에 가자 하면 우리 어린 동생들은 졸졸 따라나섰고 소양강에 간다고 나서면 묻지도 않고 뒤따라 갔다. 봉의산에 가면 언제나 시원한 나무 그늘 아래서 〈오 대니 보이〉를 목청껏 부르곤 했는데 맏이의 중압감에서 벗어나려고 한 것이 아니었을까? 항상 동생들과 좋은 곳으로 여행 가는 것을 꿈꾸었던 맏이의 마음이 일기에서 보인다.

형제자매의
젊은 날들

1967년 6월 26일

다음 달 하순에 삼촌이 청룡부대로 월남에 간다고 한다. 특별휴
가로 다녀가는 길에 들렀어. 이제 보기 힘들 줄도 모르지 않아?

지난밤에는 소주를 혼자 마시면서 자기의 애인, 이하나 이야기
를 하던데. 사내놈이 하찮은 일 가지고 좋아하고 싫어하는 것은 아
니지만 버스정류장까지 나온 것을 알았을 때는 속으로는 무척 기쁘
더래나. 그러면서 왜 나왔어 하고 무뚝뚝하게 대답을 해버렸다면
서 자기를 좋아하고 그리고 자기도 좋아하고 티 하나 묻지 않은 순
진한 사랑이기에 그 아이는 고이 두고 간다고 심각하게 말하더군.
생만을 보장할 수 없는 곳으로 떠나면서 마지막으로 머릿속에 남는
것 지껄일 수 있는 건 사랑뿐일 것이다.

아침에 다방에 한참 동안 앉아 있었어. 너무나 태연한 모습에 내가 오히려 이상하게 생각되어 내가 그런 경우라면 어떤 모습을 지을는지. 비는 왜 그토록 쏟아지니. 탑승을 하고 떠나면서 웃음 짓는 그를 향해 손을 흔들어 주었다. 그에게 우리에게 불행이 없기를 바라면서.

7월 13일

꽃 중의 꽃으로 화려한 자태를 과시하던 장미꽃이 내리는 빗속에 시들어버린 모습이란 정말 꽃 중에 더러운 꽃으로 밖에는 안 보인다. 지저분해라. 사람도 늙으면 저 모양일 테지. 어머니가 손질을 하시면서 무심코 하시는 말씀이다. 늙어간다는 것을 알고 계신 것도 같은 어머니의 마음은 어떨런지. 언제나 아름다운 꽃으로만 남아 있을 수는 없을 것이다. 그러나 언제나 더러운 시들어 버린 잎파리만을 간직하고 있는 것도 아니다.

자기 자신을 자신이 제어하지 못할 때. 자기 몸의 어느 부분도 더 이상 자신의 말을 들으려 하지 않을 때 아끼던 엽총으로 자신의 가슴을 겨누었다는 헤밍웨이의 마지막이 멋이 있는 것 같다. 더러움을 보지 않고 깨끗하게 가버린 그는 사는 동안 멋을 부릴 줄 알았던 것 같더니 죽는 순간에도 멋을 부리며 죽어간 것이다.

7월 23일

방학책을 들고 뛰어오는 모습이 밝기만 하다.

수성이가 중간 정도이고 모두들 공부도 잘했다. 한 달 동안 집안에서 들볶을 것을 생각해보며 질려버린 마음에 다른 곳으로 가서 지내고도 싶지만 모두들 잠들고 생각지 못할 정도로 조용해진 밤에 비마저 조용하게 내리는데 책상 앞에 앉아 있는 것이 퍽이나 아늑한 감이 든다. 하루 종일 다른 곳으로 갈 생각만을 하던 것이 정말일까 하는 정도로 집에 있고 싶어지는 것이다.

다음 여름방학에는 모두들 여행도 할 수 있겠다고 하니 떨어지는 사람은 안 되지 하고 수원이가 말한다.

과외 수업을 하느니 어쩌니 하고 성희가 한참 야단이다.

들면 되고 떨어지면 바보가 되는 거고 아무 생각 없이 지껄였는데 뒤에 오는 예기치 못한 침묵이 마음을 어둡게 한다.

8월 1일

소나무가 울창한 숲 속의 매미 소리가 맑다. 아침에 수성이와 산에 올라가 매미를 쫓아다녔다. 무릎을 적시는 이슬이 아침 햇살을 받으며 나뭇잎 위에서 깨끗하게 구른다. 무심코 우뚝 서서 이리저리 뛰는 수성이를 보게 되면 나도 그와 같이 뛰는 것이 나에 대해 무슨 잘못이라도 하는 것같이 꺼림칙하다. 나로서 그러한 마음을 가질 수 있다는 게 어처구니없게 생각되기 때문일까. 잡아온 매미를 보고 매미가 우는 게 즐거운 노랫소리가 아니고 정말은 가슴속에 사무친 설움을 우는 것이라고 수달이가 말한다. 땅속에서 7년 가까이 지내다가 매미로 되어 지상에 올라오면 기껏해야 일주일밖에 살지 못한다고 한다.

사실이라면 놀라운 일이다. 7년간의 진통 끝에 주어지는 것이 고작 일주일간의 생이라면 너무나 허무한 일이다. 그러나 나는 그것이 사실이라도 울음이 아닌 노래로 생각하고 싶다.

인고의 시간이 그만큼 길었으므로 주어지는 목소리가 그토록 맑을 수 있고 일주일이라는 짧은 시간밖에는 살 수 없다고 알고 있기에 그 시간을 마음껏 노래하며 보내는 것이리라.

그는 조물주의 불공평함을 말하려 하지 않는다. 그의 정성에 비해 주어진 보람이라는 것이 너무도 적다고 한하며 슬퍼하지 않는다. 그런 시간을 갖는 것부터를 아깝게 생각하고 있을 것이다. 오직 사는 동안을 한껏 즐기면 그뿐인 것이다. 깨끗한 소나무 위에서 7년간 다듬어 온 목소리로 일주일간을 노래 부르다가 아무 미련없이 죽어간다.

매미의 지혜를 배울 수 있다면 그것이 바로 생활의 지혜일는지도 모른다.

8월 4일

곧 외국으로 가신다는 소식 오늘 전해 들었어요. 비행기를 향해 걸어

가시는 모습을 한켠에 서서 가만히 지켜보고도 싶습니다만 그를 허용하지 못하는 마음이 부끄럽습니다.

아름다운 꿈을 안고 이제 떠나시는 누나에게 꿈이 그대로 이루어지기를 바라는 것 만이 제가 할 수 있는 모든 일인 것 같기에 이렇게 편지로서 출발을 축하드리며 멋진 날들이 같이 하기를 기원합니다. 대할 수 있는 기회는 많지 않았지만, 아버지 어머니로부터 너무나 많이 누나의 이야기를 들을 수 있었기에 이국에서의 생활이 이곳과는 아무리 다르더라도 끝없는 대해를 혼자서 건너 가실 만한 용기와 기개를 가지고 있는 누나에게 주위의 모든 것이 머리 숙이리라는 것을 의심하지 않습니다. 이곳이 아닌 세계 속에서 누나를 찾아보아야 한다는 것이 언뜻 실감이 가지 않는 것 같아요. 그러나 부정할 수 없는 사실이라고 생각할 때 저의 마음마저 널찍해지는 듯합니다. 건너시는 바다 태평양의 그 푸른 물결모양 누나의 앞날이 매양 푸르기만 하기를 아버지 어머니 그리고 많은 동생들과 함께 마음 모아 바라겠습니다.

할머니, 누나, 편안히 도착하시기를 바랍니다.

모레 미국으로 유학을 떠나는 정희 누나에게 편지를 썼다.

9월 19일

저녁을 먹고 광희와 수성이를 데리고 주차장에 갔었다. 거리의 어지러운 불빛들이 꼭 다른 세계에라도 들어온 듯한 기분을 가지게 한다. 엄마가 아버지에게 가셨다가 오늘 오셨다. 엄마의 밝은 표정을 보며 곁에서 포도알을 따 입에 넣고 있는 나도 역시 밝은 표정을 지을 수가 있다. 선희가 큰소리로 뻐기는 것도 귀엽고 필요한 돈을 타 들고 있는 성희, 수달이가 또한 활짝 펴진 기분으로 짓떠들고 있는 것이 어설프게 들리지만 그래도 우리 집의 월급날다운 풍경이다. 수학여행이고 뭐고 하며 가지 못할 것을 자신이 알면서도 한번 졸라보는 것도 그들다운 짓이고 보내주지 않으면서도 가라고 하는 것이 엄마의 마음인지도 모른다. 우리는 모든 것을 요구하고 엄마는 그것을 모두 인정해주고. 이것이면 풍족한 것이다. 그 요구가 모두 그대로 이루어지지는 못해도 말이다. 안과에 미불된 치료비 970원을 가져다주었다. 눈도 깨끗하게 나았다. 거의 2천 원돈이 들었다. 2주일은 다니고 어처구니없는 병에 걸려 어처구니없게 돈을 날리고 나니 마음이 편할 리가 없다.

10월 6일

엄마 나 편지 안 하겠어요? 그래도 한 번은 해라. 주소라도 알아두어야 하지 않니? 버스 안에서 주고받으며 또 한 번 가슴이 뭉클함을 의식했다. 멋있는 편지를 배달하지 못할 바에야 아예 하지 않는 것이 좋을 것이라 생각되기에 쓰지 않기로 한 것이다. 갑자기 생각이 나서 엽서에다 잘 있다고 써서 보내려고도 해 보았지만 주머니에 넣고 다니다 지금 읽어보니 부치고 싶은 마음이 조금도 없다. 그럴 수가 없다. 그런 것보다는 다른 말을 써서 보내고 싶은 것이다. 지금은 그렇지를 못하니 얼른 우체통에 집어넣지를 못하는 것 같다.

성희에게 엽서를 쓴 것이다.

모든 것이 순조롭고 나의 나날도 잘 보내지고 있어. 지금 너에게 할 말은 하나도 없다. 모든 것을 이해할 수 있도록 너는 총명하다고 알고 있기에 아무 말도 하지 않겠어. 오직 하나 아버지 엄마 그리고 동생들에게 굉장한 뉴스를 전할 수 있도록 우리 애써보자. 그리고 내년에는 동생들을 데리고 멋있는 여행이라도 해보자.

그래도 집에서도 궁금할 텐데 보내는 편이 나을 것 같기도 하다.

책상에 엎디어 자다 일어나보니 몸이 으스스 떨린다. 기지개를 쭉 켜니 몸이 좀 깨끗해지는 듯하다.

수달의 연세대 입학식에서. 어머니와 수곤, 수달, 성희와 선희(1970년 3월).

수성의 한양대 입학식에서. 어머니와 수성과 수달(1975년 3월).

1968년 2월 26일

무슨 용기에 게시판 앞에 가서 머리를 쳐들고 이름을 찾고 있었는지. 지금 같아서는 교문 안에도 들어서지 못할 것 같다. 되었니? 됐어요. 정말 된 거지? 예. 용하다. 어데 한번 가 보자. 내 눈으로 확인을 해야지 하시며 운동장으로 가시는 아버지를 따라가며 만약에 그런 대화가 오고 가지 못하는 불행을 가졌다면 어떻게 되었을까고 생각해 보았다. 비참한 모습을 그려볼 때 몸서리치지 않을 수 없었다. 아버지와 함께 가서 합격증을 교부받고 이내 내려왔다.

오늘따라 차 안은 그렇게 번잡하건만 마음은 마냥 즐겁기만 했다. 동생들의 환호성이 커다랗게 울려오고 시끄럽게 지껄여대는 이들의 말소리를 들으며 정말 되었는가 하는 기분을 다시 한 번 느꼈다. 커다랗지는 않더라도 알뜰하게, 마음 같지는 않더라도 정성을 다해서 아껴야 하리라 생각한다. 그를 위한 지금까지의 마음을 생각해서 적더라도 곱게 받아두어야 한다. 결코 그냥 주어진 것은 아니다. 한양대학교 공과대학 전기공학과. 아마 이렇게 끝이 맺어져 가는 것 같다. 모든 것의 끝이 말이다.

2월 27일

아버지 말씀과 같이 정말 기적이라고 하는 편이 좋겠다. 입학금을 내기 위해 저금했던 돈을 모두 찾아오셨다. 거의 모두 합해 10만 원 돈이 드는데, 모자람이 없이 댈 수 있는 것이 내가 생각해도 기적 같은 일이다. 능히 허용될 수 있는 일은 못 되는 것이니까.

아버지 엄마에게 한없는 감사를 드려도 모자랄 것이다. 고마움에 머리를 수그리곤 앞날을 생각해 본다.

2월 28일

화창한 날이다. 등록금을 가지고 아버지가 서울에 가셨다.

몇 번씩이나 확인을 하시며 나서는 아버지의 표정은 밝다.

온종일 강아지 집을 만들다. 저녁에 영근이와 산에 오르다.

바람이 차지를 않다. 강의 얼음도 산의 눈도 모두 녹아내린다.

3월 31일

눈을 트는 개나리꽃이 새삼 봄을 느끼게 합니다.

아침 일찍 학교에 나가 창문을 열었을 때 젖빛 안개와 함께 밀려들던 개나리꽃의 짙은 내음이 아직까지도 마음속에 남아 있는 듯합니다.

안녕히 계시온지요. 강의가 시작된 지는 꼭 2주일이 되었어요. 저도 잘 나가고 있습니다.

Freshman이라기엔 좀 쑥스러운 듯합니다만 신입생임에는 틀림이 없기에 서툴기만 한 주위 속을 떠다니다 이제야 서신 드리게 됨이 부끄럽습니다. 더군다나 뵙지도 못하고 왔는데 머리만이 수그러질 뿐입니다.

언제나 따뜻한 마음으로 대해주신 선생님 때문에 더 큰 불행을 가지지 않고 있다는 것을 감사하고 있습니다.

어쩔 수 없는 마음인지는 모르겠습니다만 생각했던 것과 다른 것도 같습니다. 재미를 붙이도록 노력합니다.

이제금 할 수 있는 일은 그뿐이겠지요.

그러나 어리벙벙하고 얼른 내키지 않는 마음인지 벌써부터 또다시 반복되는 불행이 되지는 않을까 하는 두려움도 없는 것은 아닙니다.

남과 같을 수 없다는 것이 정말 무서운 일인 것 같습니다.

뒤지지 않도록 마음먹고 있습니다. 부지런히 앞선 친구들을 따라가야겠어요.

선생님의 끊임없는 배려로 보람있는 생활이 될 수 있으리라 믿고 있습니다.

선생님과 가족 여러분들이 행복하시기를 바랍니다.

담임선생님께 편지를 쓰다.

4월 8일

비가 내린다. 새벽부터 내리는지 아침에 일어나니 조금씩 떨어지더니 온종일 내리고 있다. 학교에서 돌아와 책상 앞에 앉아 있다. 밖으로부터 들리는 빗소리가 이상한 힘을 가지고 자신을 압박한다. 그것이 두려워 피해보려 하지만 결국 마음속에 남는 것은 허전한 것뿐이다. 가만히 앉아서 빗소리를 듣는다는 것이 끝내 아무것도 아닐는지 모르나 그 빗소리같이 맑지 못한 진실 되지 못한 마음이 싫은 것이다. 좀 더 안온한 마음을 가지고 소리 없이 떨어 이야기를 하고 싶다. 마음속에 무겁게 자리 잡고 있는 모든 것을 꺼내놓고 이야기해야 될 것 같다. 아무 이야기라도 무엇인지는 몰라도 그저 이야기를 나누어야 될 것 같다. 말해야 될 아무것도 없는 것 같은데 얼마든지 말할 수 있을 것 같은 건 또 무엇인가.

5월 15일

성희에게서 학교신문이 오다. 기자 노릇을 한다더니 창간호라나. 한없는 꿈을 그리고 그 꿈에 대해 절대적이고 무한한 가능성만을 생각하는 건 역시 어울리는 마음이다. 그러한 마음마저 없다면야 하루를 산다는 게 바로 죽은 거나 다름없으리라.

성희를 아직도 어린애같이만 생각을 했는데 글을 쓴 걸 보니 터무니없이 너무 어른이 된 것 같아 어색하기까지 했다. 내가 생각하고 있던 그 애와는 엄청나게 다른 것을 보았다.

위로 날려는 젊은이의 마음이 있고 예의를 인정하고 싶어 하지 않는 패기가 또한 어린애 같은 마음은 아닌 것이다.

발랄하게 자라고 있는 동생들을 의식하는 건 흐뭇한 순간이다.

여자아이답게 재미있게 아이들을 그린 말이 모두를 으스러지게 쓸어 앉고 싶으리만큼 귀엽기에 적어본다.

수달이 운동을 하러 다닌답니다. 의젓하게 크는 걸 보면 놀랍답니다.

수원이 걘 똑똑한 자식 항상 귀엽게 까불어요.

수성이도 가끔 튕기는 유모어 공부를 시켜야 한다고 엄마께서 근심입니다.

광희 옷도 사고 말없이 똑똑하게 굴지 않습니까.

선희는 헛약았다구 너무나 어려서 통 모르는걸요. 멋모르고 다니는 게 걔 일인 것 같아요.

어제 할아버지가 오셨다. 학교를 모두가 다니는 걸 무척이나 대견해하셨다. 어딘지 모르게 쓸쓸한 모습이었고 대문을 열고 들어서시는 걸 처음 보았을 때 나의 마음이다. 아이들이 모두 훌륭하게 컸으면 하는 데에 대한 의지가 대단하시다.

12월 20일

뺨을 스치는 바람이 매섭다. 희끗희끗 날리는 눈이 희미한 가로등 밑에서 먼지 속으로 서럽게 사라져 버리고 십 원짜리 카드 위엔 까스등이 소타하다.

돈을 벌고 싶다는 걸 절실히 느끼다.

집에 내려갈 때 동생들에게 조그만 선물이라도 가지고 갈 수 있다면……

주머니에 돈이 있었다면 꼭 일기장을 두 권 샀을 거다.

하나는 성희. 또 하나는 수달이에게.

성희는 일기를 꼬박 쓰니까 주고 싶은 거고 수달이는 나와 똑같은 것을 반복하지 않게 하기 위해서는 일기를 쓰게 하는 게 제일 좋을 거라고 전부터 생각하고 있었으니까. 훗날 그가 고교생 시절을 웃으면서 회상할 수 있도록 해주고 싶은 거다.

수원이에게는 이야기책, 서정적이고 아름다운 이야기만을 써넣은 책을 고르고 있을 거다.

수성이한테는 커다란 오뚜기. 아무리 골을 내대고 해도 그놈만 보면 웃음이 터지고 마는 그런 오뚜기를. 그리고 광희에게는 깃에다는 예쁜 마스코트를 하나, 선희에겐 은가루가 묻은 카드. 10원짜리로 깨끗한 노트를 한 권 사서는 내가 갖고…….

언젠가는 그들을 위해 선물을 사들고 예쁘게 맨 포장끈을 만지락거릴 때가 있을 거다.

하지만 지금 같은 기분과는 아무래도 다를 듯도 한데. 주는 사람이나 받는 사람이나 모두가 다 멋없게 커버렸을 테니까

한계효용의 법칙이 여기에서만 어긋난다고 할 수는 없다. 분명히 멋에도 작용하고 있다.

수원의 고려대 입학식에서.
어머니와 수원, 신촌이모, 지원, 삼촌
(1974년 2월 8일).

속리산 법주사 앞에서 조부님과 수달, 첫째 며느리, 성희, 수원(1974년 8월).

1969년 9월 14일

도로 연변에 늘어선 코스모스가 나만큼이나 멀끔하게 크다. 물기를 잃어가는 가로수 잎에서 가을을 조금만이라도 느끼고 싶어서였을까? 집에 가고 싶기에 훌쩍 차를 타고 내려왔다. 이렇게 여행하는 기분으로 올라다니게 된 것을 퍽 다행으로 생각하고 있다. 울적할 때 별로 재미있는 일이 없을 땐 으레 신문 한 장 사들고 역으로 나오는 것이 이제는 버릇이 됐는지도 모르니 말이다. 산과 강을 따라오며 나를 생각하고 동생들과 어울려 활짝 웃으며 전부를 잊고 하루를 지내고 싶은 것이다.

수달이가 시험공부 이야기를 하다가 지쳤는지 책상에서 자고 있다. 핏기없는 얼굴. 충혈된 눈-.

그래 산다는 게 그리 쉬운 일이 아니라는 걸 우리 이제 조금씩은 알 수 있을 것 같다. 거기에 하물며 남보다 쉽게야 나아질 수 있겠니? 우리 앞으로 크게 웃지는 못할망정 서러운 눈물일랑은 떨어뜨리지 말도록 하자.

정확하고 빠르게- 광희 주산 연습장을 보니 그 앞에 곱지 않은 글씨로 또박또박 써놓았다. 대견한 일이 한두 가지가 아니지만 깜찍하게 그런 말을 쓰다니-. 어쩌면 지혜는 그런 쉬운 이야기인지도 모른다.

비가 가만가만히 내리고 있다.

나뭇잎에 빗방울 떨어지는 소리- 벌레 소리-.

아까 보니까 배추국화가 온통 마당을 뒤덮고 있던데.

11월 16일

지난밤에도 잔뜩 흐려서 눈이라도 올 줄 알았는데 방안으로 쏟아지는 별을 보고는 저으기 놀랐다. 냉방에서 자느라 봄이 개운하지는 못했지만, 일요일이래서인지 그래도 늦잠을 자고 노래를 부르곤했다.

집에선 벌써 김장을 하시더라고 전한다.

'천사(天使)의 시(詩)' 별로 생각 없이 지나다 허술한 극장에 들어가 보았다. 그림책을 뒤적이는 것 같은 깨끗한 영화였다.

한 사람을 안다는 건 쉬운 일인지 모르지만 그를 이해한다는 건 그리 간단한 일이 아니다. 자식 간이고 형제들 사이라 해도 남과 나라는 사이에 반드시 벽을 놓고 있게 되는가보다. 그건 서로의 세계를 침해받고 싶지 않다는 자기보호 본능에서이기도 하겠지만 극히 조금만을 아는 것을 전부 알고 있다고 착각하는 데서 오게 되는지 모른다.

자기 안에만 머무르고 있다는 건 비극일 수가 있다.

11월 18일

오늘따라 아침에 굉장히 쌀쌀하던데 수달이가 대학 예비고사를 치르느라고 혼났겠다. 어제저녁에 전화를 하려다 나오지를 않아 그냥 왔다. 그렇게 간단히 시작되는 거고 거기에서 기쁨과 슬픔을 찾아가며 살아가는 게 또한 우리들이겠지. 커간다는 건 어찌 보면 서글픈 일이다.

결국 자기 혼자서 결정하고 자기 혼자서 행동해야 된다는 걸 알게 되면서부터 그는 말이 적어지고 생각을 하게 되고 자기만의 세계에서라도 주인이 되려고 애쓴다. 별로 용한 것을 찾아낼 수도 없다는 데에 또한 실망도 하지만.

난로를 놓았다. 훈훈한 방안이 한결 아늑하게 느껴진다. 추운 겨울의 이야기라면 역시 난로 가에서가 제일 어울릴 것 같다.

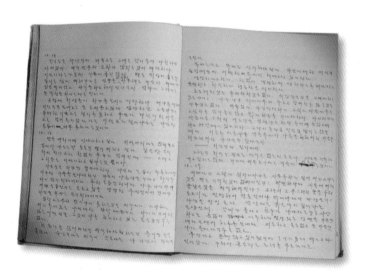

1970년 1월 4일

꼼짝을 못하도록 무섭게 춥다. 수원이가 와서 모의고사를 보고 갔다. 시험 보러온 아이들 모두가 시원하지 않더라고 지껄이며 대수롭지 않게 생각하고 있다. 언제나 자신만만한 아이이다.

공부 잘해서 너도 빨리 유학 오도록 해라.

1일에 이모네가 모두 미국으로 가셨다. 친절한 분이라고 늘 느껴지게 하던 그런 분이 멀리 가신다는 게 실감이 나지는 않았지만 훤하게 트인 길을 가면서 차츰 알 것 같았다.

마지막이라고는 생각하지 않는다. 수원이가 15년 후에 샌프란시스코에서 만나자고 전하라고 하던가?

오래오래 사세요. 언젠가 우리가 찾아가는 날 울지 않도록 말입니다.

어제 고모가 왔었다. 사람이 산다는 걸 다시 생각해보게 하는 사람이다.

성희와 이야기하는 걸 물끄러미 쳐다보며 겨울날같이 매섭기만 한 추위를 탓하곤 했다.

이렇게 나의 한해는 시작된다. 어떻게 끝나리라는 건 모르지만 분명하고 정확하게 보내야 된다는 건 다짐하고 있다.

처음부터 생각과 같지 않기는 하지만.

1월 10일

하루종일 눈이 탐스럽게 내렸다. 이제는 그런 눈을 보고도 별로 놀라지도 않으니 어른이 돼서인가?

양말이 떨어지지 않고 얇은 것을 신어도 발이 차지를 않고 겨울이면 얼어 퉁퉁하던 손이 얼지를 않고 옷이 떨어지지를 않고 하는 데서는 가끔 어른이 되는가 보다고 느끼긴 하지만.

수달이가 어제 연대에 입학원서를 접수시켰다. 우리 집 아이들은 공부를 하기는 잘하는 것 같은데, 수재는 못되고 모두들 우재(優才)들뿐이라고 늘 아버지가 말씀하신단다. 우재래서인지 의대를 간다고 하더니 공대로 바꾸었다. 내가 보기는 그대로 했어도 될 것 같았는데 섭섭했다. 그저께는 엄마에게 전화로 그 이야기를 듣고는 하루종일 울적했는데ㅡ. 문득 내가 시험 볼 때 생각이 나 더욱 우울했는지 모른다. 아버지나 엄마 동생들에게 정말 너무나 큰 죄를 짓고 있었던 것 같다.

그때의 아버지 마음 같은 걸 이제야 조금 느끼고 있는 걸까?

늦도록 잠을 못 자고 앉아 있는 것을 곁에서 보기가 측은했다. 수달아 그만 자자. 응. 그래도 어떤 아쉬움과 갈등이 있겠지만 그를 이겨내느라 혼자 웅크리고 있는 것이 가여워 말을 건네보지만, 오히려 내 쪽이 더 두려워진다.

친구에게서 연하장이 몇 장 왔다. 자식들, 어른들같이 멋없게 그런 짓은. 남들은 그런 걸 생각할 줄 아는데 난 태연하게 지나쳐 버린 것이 민망스럽다. 엽서나 띄울까 하는 생각을 해봤지만 왠지 아직 쓰고 있지를 못했다. 난 여태 그런 조그만 일들을 생각하기엔 어린 건가?

1월 18일

수달이가 시험 보러 왔다. 여관을 정해주고 저녁을 사주고 들어왔다. 같이 있을까 하다 수달이 친구가 어려워하는 것 같아 그냥 왔다. 같이 돌아다니며 좀 쓸쓸한 것 같은 이상한 기분을 느꼈다. 썰렁한 여관방. 시골서 온 듯한 수험생들. 추위-. 그 속에서 수달이는 유달리 어린 것 같다고 생각해 보다. 아무것도 모르는 홍안의 소년-? 그 마음이 조금도 다치지 않기를 정말 정말로 빌고 있다.

수원이가 택시 타고 가라고 돈을 주더란다.

여기 학원에서 본 모의고사 성적이 경복고등학교에 무난히 될 거라고 해 집에 가 그렇게 이야기했는데 그대로 집에서 다니기로 했다. 1학년 때부터 계획표에다 경기고 목표라고 커다랗게 써 붙여놓고 하던 놈이 너무나 안됐다. 물론 무리라는 건 알고 있지만 그런 걸 모르고 내가 주장한다고 믿고 있는 엄마에겐 좀 불만이다. 난들 왜 우리 집 경제사정을 모르겠으며 그런 것도 염두에 두지 않고 무조건 서울로 오라고 하겠는가. 경제적인 것보다 더 근본적인 문제는 어쩌면 용기 그런 것인 것 같다. 엄두가 안 나기 때문에 용기가 없는 건지 모르지만, 집에서는 밖으로 나가려는 그것보다 언제나 현상을 유지하고 있는 것이 더 현명한 것이라고 믿어오고 있다. 그리고는 어찌 보면 아이들에게 그런 걸 불어넣어주는 데 인색하지 않았나 생각하곤 한다. 엄마 말같이, 하긴 모든 게 궁금하기 때문 어찌할 수 없다면 간단한 문제이지만 수원이에겐 정말, 정말로 안됐다. 졸업식 때 꽃을 꽂아줄 여학생이 없어서 섭섭하다고 중얼대는 걸 보면 깨끗이 잊어버린 모양이지?

15일은 수달이 졸업식이었다. 집에도 가고 싶어 내려갔었다.

꽃을 꽂고 어쩌고 하는 건 영 내 성미에 맞지 않아 수성이랑 같이 사진만 한 장 찍고 왔다.

2월 5일

질퍽하게 풀렸던 날씨가 어제오늘 또 쌀쌀하다. 내일은 설날. 복조리를 사라고 외치며 지나는 사람의 마음이 따습다.

수달이가 합격. 게시판을 보며 서로 끌어안고 웃었다. 눈물이 핑 도는 걸 의식하며 난 그 앞을 떠날 줄 모르고서 있었다. 활짝 트인 엄마의 목소리를 들으며 난 몇 년 묵은 굳어진 가슴이 깨끗하게 풀려나는 걸 느꼈다. 차마 애처로워 곁에서 섣불리 말을 하지 못하고 수험장 앞에서 기다리고 틀렀을 게 겁이 나 시험지를 보지도 않고 주머니에 넣고 행여 마음을 다칠세라 머뭇거리던 걸 전부 터놓고 늦도록 지껄여댔다. 2일날이었지. 당연한 거지-. 기쁨을 감추지 못하고 이야기하는 자식이 무척 대견해 보였다. 정말 고맙다. 아버지 엄마가 얼마나 좋아하시겠니? 그래 우리 이제 멋지게 살아보자. 모두가 그렇게 멋있게 되면 무엇이 두려운 게 있겠니? 난 아직까지 그렇게 통쾌했던 일은 없다. 나 때문에 가슴에 박힌 그림자일랑 모두 씻어 버리고 우리 마음껏 웃자. 아버지 엄마 그리고 동생들 모두.

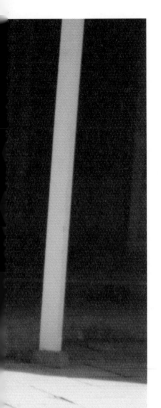

5부
형제들의 편지

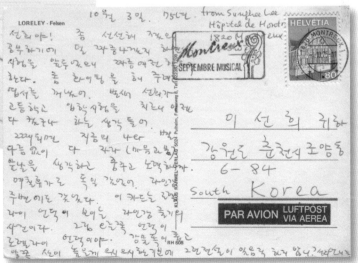

1967년 8월 21일부터~1970년 10월 30일

아버지는 바라시던 대로 철원에서의 생활을 마치고 춘천중 교장으로 발령이 나서 가족과 함께했으나 수곤의 서울 유학, 일찍부터 기숙사 생활을 시작한 성희 때문에 어린 선희는 오빠, 언니를 무척 그리워했다. 한글을 배워 재미를 붙인 선희는 재밌는 놀이처럼 편지를 썼고, 때로는 어머니가 불러 주시는 대로 언니에게 편지를 쓰면서 받아쓰기 연습 겸 가족의 안부를 전했다.

어린 선희가
성희 언니에게

언니에게

언니 오는 8.21일에는 나에게 참 기쁜 날이야.

왜냐고? 오늘 8.21일에 손님이 조그만 강아지를 하나 가지고 오셨어. 그래서 오늘은 참 나에게 기쁜 날이란 말야.

언니 그리고 언니가 보내준 편지지 광희하고 1장씩 논아 가졌어.

언니 고마와.

언니 엄마가 언니 구두 1000원짜리 구두 아주 잘 샀대.

언니 그리고 오늘 이석이 오빠 왔어.

언니 그리고 나는 언니 말대로 어린이 시간 매일매일 듣고 있어. 언니 나는 요새 목욕을 할래도 하늘이 흐리고 추어서 목욕을 못 하겠어.

언니 난 이제 심심하지 않을 거야 강아지가 있어서 말야 그지?

언니 그리고 꽃밭에는, 국화, 칸나, 채송화. 등 여러 가지 꽃이 피어 있어.

언니 그리고 꽃밭의 포도도 언니가 왔을 때보다 훨씬 더 많이 익었어. 그리고 오빠도 왔어. 아주 새까맣게 탔어.

그리고 오빠하고 수성이하고 화천 들어갔어.

언니 그리고 나 강아지하고 노느냐고 언니한태 편지 자주 못하겠어. 1주일에 1번씩 쓰게 언니!

언니 그럼 언니 많이많이 먹고 와 응?

그럼 안녕

8월 21일 동생 선희

언니에게

언니. 즐거웠던 방학도 다 지나가고 이제는 개학이야.

나도 이제 편지 쓸 시간도 없어서 참 섭섭해.

지금 편지 쓰는 이 자리도 캄캄한 밤이야.

숙제는 낮에 다 끝 맞쳤어.

언니. 광희는 주산 하느라고 시간 없어서 언니한태 편지도 못 써.

언니도 이제 시간 있는 대로 편지 자주 해 줘.

나도 선생님이 숙제 안 내주면 편지 자주 할게.

오빠도 서울 올라갔어.

언니 강아지가 숫놈이라서 새끼를 못 나.

언니 그리고 언니 쓸 돈 500원 보내줬을 거야. 오빠가 말이야.

언니 그리고 광희가 시간이 없어서 편지 못 쓰는 것을 내가 대신 받아서 쓰는 거니 광희가 썼다고 생각해도 좋아.

언니 그리고 엄마는 요새 언니가 없어서 그런지 몸이 약하시고 매우 피곤해서.

언니가 빨리 와야지 그렇지 않아?

언니 나 그리고 시간 있는 대로 자꾸자꾸 편지할게. 언니도 자꾸 시간 있는 대로 편지해.

그럼 언니 안녕.

이선희

언니에게

언니 그동안 안녕

이제 가을도 다지나가고 이제 김장 준비에 한창 바쁜 때야.

언니가 편지 안하는 걸 보니 무척 바쁜가 봐.

언니 오래간만에 엄마 편지 잘 받아 보았어. 강아지도 이제 꽤 컸
어. 밥도 잘 먹어.

아버진 요사이 일찍 퇴근하셔.

먹을 것 다 떨어진 줄만 알았는데

며칠 전에 오징어를 손님 가져오셨어.

언니 먹구 싶으면 일요일날 와.

오면 집안의 공기도 맑겠지.

전화번호 책도 새로 나왔고 먹을 것도 있어

전 토요일 밤에 이모랑 혁란이 혁만이 셋이서 춘천에 왔다 갔어.

이모가 미국에 간다니 픽 섭섭해.

언니 그럼 올 때까지 안녕

몸성이 잘 있어.

1968년 11월 6일

동생 선희

언니 편지 봐요.

언니가 편지 엄마에게 보내준 거 나도 읽어 봤어.

언니 춘천은 수원지가 침수되어 10일 동안이나 수돗물이 나오다가 안나왔어.

언니 7월 31일부터 수돗물이 안나와서 소방서 차가 와서 배급을 줬어.

배급을 주는데 줄을 서서 받았어. 그래서 아주 깨끗하게 수돗물 배급을 받았어.

언니 내가 오빠한테에도 편지 썼어.

언니 그런데 광희가 앓아 가지고 병원에 가봤더니 심장이 약하다고 한 1주일쯤 쉬면은 나을 거라고 의사 선생님이 말씀하셨어.

언니 그리고 이모도 8월 3일날 가신다고 하셨는데 광희도 아프고. 또 수돗물도 안 나오고 해서 폭포도 못 가고 그만 8월 1일날 가셨어.

언니 그리고 수원이하고 수성이 오빠가 뽐뿌 물을 길어 오느라고 무척 고생을 하고 있어.

언니 그리고 나 편지해 답 꼭 해줘

그럼 언니. 안녕히.

1969년 8월 2일

선희

*엄마는 광희 병이 난 다음에 쓴대.

언니에게

언니가 회답 보내준 편지 반갑게 받아 보았어.

아버지가 언니 편지 읽어보시고 언니가 아주 편지를 귀엽게 썼다고 칭찬하더라.

언니 그리고 미안하지만 언니가 나 한테 편지 보냈지 않아 그 편지지 나 두 장만 보내줘 응?

언니 그리고 광희는 병이 다 났는데 광희가 또 귓병이 났어. 그래서 이틀 동안이나 병원에 갔었어. 그런데 귓속이 곪았대. 그런데 지금은 곪은 게 터져서 조금 낳았어.

언니 그리고 수원이 수달이는 계속 공부 열심히 하고 있으니 언닌 안심해.

그리고 난 사랑방에 안들어가구 광희하고 안방에서만 놀아.

언니 그리고 언니가 16일에 여기 온대지. 여기 오면 나하고 재미있게 놀다 가 언니!

언니 그리고 요즘은 오빠하고 언니한테 편지 쓰느라고 심심하지 않아 언니 그럼 몸성히.

안녕

1969년 8월 14일
동생 이선희

언니에게

회답 늦게 보내 줘서 미안해.

나는 여지껏 놀다가 지금 엄마가 쓰라기에 지금 쓰는 거야.

언니 포도는 다 따 먹고 지어지만 남았어. 언니 오늘 일요일에는 도배지 사다가 다 발랐어.

언니 광희는 요새 계속 주산 놓으러 다니고 있어.

언니, 무사히 돌아갔다니 다행이야.

언니, 언니가 사다 준 지갑 속에는, 돈이 많이 들어가 있어.

언니 광희는 언니가 사다준 실패도 요새 학교에 많이 가지고 가고 있어. 미술 시간에 쓰려고.

언니, 언니가 간 날 집에 와 보니 떡이 하나두 없어서, 누가 다 먹었나 해서 엄마에게 물어봤더니 언니가 다 가주갔다고 해서 나는 그 떡을 어떻다 다 먹어 하고 생각했어. 그래서 나는 한참 동안 생각하니 바로 언니가 돼지잖아 그지?(그럼 언니 안녕)

1969년 9월 21일
동생 이선희

언니에게

언니 나는 추석이라 배, 사과, 떡, 아주 배불리 먹었어.

아버지는 오늘 10월 1일에 출장 가셨어.

오빠가 가져간 사과하고 배 맛있게 먹었어. 언니 나 언니에게. 선물 받은 지갑 학교에서 잃어버렸어. 나 1개만 더 사다줘!

미안해 자세한 이야기는 만나서 해. 언니 지갑 사오는 거 잊지 마. 간단하게 썼지만 잘 받아줘.

그럼 안녕.

10월 1일

동생 선희

언니에게

언니 그동안 안녕.

나도 이제 4학년. 새학년이 되었어. 광희도 6학년이 되었어. 세월도 너무 빨리 지나가는 것 같아.

언니 아버지가 춘여중 교장으로 발령났어. 먼저 번보다 더 좋아 그지? 언니도 그렇게 생각하겠지?

언니가 사준 책 재미있게 읽고 있어. 강아지도 개로 변했어. 남자가 돼서 그런지 참 사나와.

언니 그럼 또 쓸게. 그럼 안녕.

언니에게

언니 그동안 안녕. 아버지가 오늘. 서울 출장 가셨어. 서울 중앙교육행정원에서 강습 가셨어. 27일부터 29일까지야. 아버지가 언니 보고 싶다고 중앙교육행정원에 오래. 중앙교육행정원은 삼청동 옛날 삼청국민학교 했던 것이래. 중앙청 뒤야.

그리고 꼭 아버지 만나보래. 아버지가 어떠면 여관에서 언니에게 전화 걸을지 모른대.

언니 그리고 내 변도 보자기 다 떴으면 30일날 아빠 편에 보내 응.

수달 오빠는 학교에 잘 다니고 있겠지. 엄마는 항상 몸이 건강하셔. 그럼 안녕.

4월 26일 선희가

언니에게

언니 그동안 안녕? 편지 안 해서 미안.

언니가 아프다고 하길래 엄마와 아빠가 얼마나 걱정하셨는지 몰라. 혹시, 콜레라가 아닌가 하고 말야.

언니 오늘 큰아버지 오셨다 가셨어. 수길이 오빠 결혼식 10월 10일 오후 1시에 한대. 언니 그리고 되도록 오빠와 수달이 데리고 추석날 9월 15일 와, 응?

언니 그리고 광희 도내실기대회에 나가서 독산 3등, 하고 리래산 2등을 하여서 은메달과 동메달을 탔어. 이제 10월달에 중앙에 올라가서 또 주산 실기 대회 할 거야. 그럼 안녕.

(뒤에는 엄마가 불러주는 대로 쓸게.)

언니에게?

언니 그동안 잘 있었나?

무작정 책상 위에 앉아 보니 편지를 뭐라고 써야 할지 모르겠네.

언니가 편지한, "선물 사줄 터이니 편지에 적어 보내라" 하고 언니가 편지를 써 보냈으니 선물 이름이나 적어야지. 저, 내가 갖고 싶은 것은 200원짜리 고급 필통만 사다 주면 고맙겠어. 색은 빨강색 아니면 파랑색. 그 필통 뚜껑에 예쁜 인형이 있는데 이것은 언니가 예쁘다고 생각되는 것만 사면 돼. 되도록 돈이 많으면 최고급으로 사주면 더욱 더 좋지. 그리고 광이는 4단 3단 주산 시험 봐서 모두 붙었어.

인제 언니가 사준 인형은 허전한 시대가 온 것 같아.

참, 그리고 언니 제주도 갔다 왔다더니 잘 갔다 왔어? 편지지가 없으니 제주도 이야기는 언니가 우리 집에 와서 재미나게 이야기해줘.

그럼 안녕.

1970년 10월 30일 이선희

광희 성희, 선희(1974년 9월).

1971년 5월 5일~1990년 6월 6일

독일에서 간호사 생활을 하던 성희는 한국을 떠날 때 어린 동생이었던 광희와 선희를 유난히 걱정하며 자주 편지를 보내왔다. 동생들은 카세트 테이프에 식구들 목소리를 담았고 그 무렵 막 배운 기타 반주에 각자 좋아하는 노래를 한 곡씩 불러 춘천을 그리워하고 있을 성희에게 보냈다. 성희는 그 테이프가 늘어질 때까지 들으며 향수를 달랬다. 세월이 흘러 막내 선희까지 형제들 모두 각자 가정을 꾸리고 아이들을 키우며 바쁜 생활이 이어지는 중에서도 가족끼리 편지를 주고받으며 서로를 위로하고 용기를 얻었다. 그리고 그 옛날 아버지와 어머니의 사랑으로 인해 우리 가족이 있었음에 감사할 줄 알게 되었고 살아갈수록 아버지와 어머니를 닮아가는 서로의 모습을 보면서 아버지를 추억하고 있다.

광희, 선희에게 보낸
형제들의 편지

'71. 어린이날

선희야! 왼쪽 연필 글씨는 지금 지우개가 없어서 못 지우고 쓴다.

70페니라는 소리란다. 모든 물건에 이렇게 돈 액수가 쓰여 있어 여기는. 7자가 이상하지? 여긴 모두 그렇게 쓰는구나 글쎄. 선희야.
어린이날! 얼마 남지도 않은 네 어린이날을 한번 톡톡히 선물해야
할 텐데 못하는구나. 작년엔 언니가 책을 사줬던가?

선희야. 엄마가 무슨 선물 해주시던? 봄 소풍은 어디로 갔었니?
김밥이 맛이 훌륭했는지? 〈오월은 어린이날 우리들 세상〉 하는 노
래 언니가 참 좋아하는데! 그래. 신나니? 오월 돼서? 건강히 선희
야! 잘 놀아라.

1971년 5월 5일

Lee Sung Hee

독일에서

미안하다 선희야.

네게 편지 쓰는 일에 게을렀었나 봐. 언니가 보낸 색연필과 필통
은 마음에 드니? 선희야!

작년 언니 수첩을 보니까 이런 걸 오늘 써 놨드라. 〈선희와 광희
가 문학과 음악에 눈떠야 하고 좋아해야 한다〉 문학이라든가 음악
이라는 말을 네게 쓰는 언니가 좀 쑥스럽지만 그렇게 곱고 착하고
연하게 너희들을 키우고 싶었나 보다. 도와주고 싶었나 봐. 선희야,
요새도 엄마한테 그리 잘 지껄이고 부엌에서 심부름 잘하니? 학교

로 그림엽서 한 번 부쳤는데 받았니?

선희야. 새까맣고 예쁜 요새의 네 모습 상상한다.

선희야. 언니를 잊어버릴 것 같지는 않으니? 네 머릿속에서 말야.

선희야. 내 가장 귀여운 선희야-.

카드 그림 선인장꽃이지?

부탁: 우표를 떼면 카드가 망가지니까 그냥 모아라. 우표를 오리

거나 떼지 말고…… 응?

1971년 7월 8일

Lee Sung Hee

독일에서

광희에게.

보내준 편지 잘 받았다. 무척 편지를 기다리던 차에 받은 편지여

서 얼마나 반가웠는지 몰라. 며칠 있으면 네 생일이 돌아오는구나.

어떻게 하다 보니 선물도 마련 못 했어. 선희와 엄마의 생일도 지

났구나. 어떻게들 지냈는지?

이 카드의 그림 멋있지? 몇 년 전엔가(작년 재작년?) 우리나라의

등산대들이 커다란 꿈을 안고 정상에 오르려다가 실패를 한 산 유

명한 마터호른이다.

이 산은 스위스에서 높기로 유명하고 또 생김이 유별나게 생기지 않았니? 그때 어느 잡지에선가 이 산에서 죽은 동생을 생각하며 쓴 누나의 글이 무척 가슴 아프게 느껴졌었는데 (귀한 동생들이 모두 등산가였는데 모두 잃고 하나 남았었나?) 과연 그림으로 봐도 그 위엄을 알 만한 것 같다.

장갑이 엄마한테는 맞니? 네게 조금 작은 것을 골라볼게. 네 손을 무척 길게 느꼈기 때문에 일부러 가장 큰 것을 골랐었지.

그리고 소식 기다린다. 수성의 소식이 무척 궁금하구나

1975년 1월 3일

스위스 몽트리에서

언니가

선희야! 보내준 편지 어제 반갑게 받았다. 편지 꽤 안 하더니 엄마가 꾸중하신 모양이지? 소포도 받았는데 편지 쓰라고 말씀하신 게 분명하다고 생각했다. 편지 안 해도 좋지만 쓰면 내가 얼마나 기쁜지 모른다. 왜냐하면 너나 광희가 자랐다는 걸 별로 못 느끼고 있다. 어쩌다 받는 편지 읽어보면 과연 다 자란 너희들을 느껴 놀라고 기쁘고 그렇거든.

올 12월에 고등학교 입학시험을 본다고? 중학교 졸업 때 내가 갈 수 있겠다. 엄마, 아버지, 나랑 같이 갈 테니 공부 잘해서 기쁜 얼굴로 축하받을 수 있게 해봐.

내년쯤 되면 10Kg 몸무게 줄 꺼라고? 그 여윈 몸에 줄 것 뭐 있을려구? 나와 너무나 비슷한 너이고 보면 아마 고등학교 입학하면 살찔 거야. 두 볼에 살 오르고 할 네 모습 생각하니 우습구나. 그렇게 바짝 말라 있더니……

광희는 성당 열심히 나가는 모양이지? 네게 성당 이야기도 많이 해 주니? 너희들이 공부하고 이야기하고 지내는 상상 하면, 너희들이 참 좋은 시절이고 또 둘이어서 얼마나 좋을까 하는 생각 들어. 재미있게 자랄 것 같애. 의논하고 친구도 되며 얼마든지 다정할 수 있겠지. 나 내일모레면 독일에 간다. 마지막 인사도 드리고…… 마지막 여행일 것 같다. 좋은 날씨여야 할 텐데.

오늘 여기는 화창한 좋은 날씨였어. 이곳은 부활절이 가까워 오고 있어. 거리엔 거의 X-mas만큼이나 부활절 장식이 붐비고 있어.

계란을 예쁘게 색칠했거나 장식했고 토기, 병아리 등 여러 의견들로 만들어 놓은 게 흥겹다. 또 쓸게.

1975년 3월 25일

성희 언니

선희야! 좀 선선해졌으니 공부하기에 덜 짜증 나겠지 하면서도 시험을 앞두었으니 짜증 여전할 텐데 한다. 좀 화이팅을 해주려고 엽서를 꺼냈어. 벌써 선희가 고등학교 입학시험을 치르니 이젠 다 컸구나 하는 생각 들어.

그때 되면 지금의 나와 별다름 없이 다 자라(마음과 몸) 앞날을 생각하고 꿈꾸고 노력하니까.

며칠 휴가로 독일 갔었어. 라인강 주변에도 갔었다. 이 카드는 로렐라이 언덕이 보이는 라인강 줄기의 사진이다. 그림 오른쪽 언덕이 로렐라이 언덕이야. 강물 폭이 좁고 양쪽 산이 높은 게 으시으시한 기분에 그런 전설이 있음 직하지 않니?

1975년 10월 3일

스위스 몽트뢰 병원에서

성희 언니가

이선희

이제 지난 한해를 돌이켜 볼 때가 된 것 같다.

X-mas를 즐겁게 보냈는지 모르겠구나.

여기는 다행히 첫눈이 내려서 쓸쓸한 마음을 위로해 주었다.

그동안 편지 한 장 못한 것을 무척 미안하게 생각해. 그래서 편지야 빨리 가라 하고 20원짜리 우표를 붙였어.

이 편지가 도착할 때는 집은 무척 바쁘겠지? 떡을 썰고 만두를 빚고…… 새해를 맞아 열심히 공부해서 원하는 학교에 입학할 수 있길 우리 같이 빌어보자.

1977년 12월 27일 오빠가

이수성(해남 갈산)

이선희 앞

오늘 Purdue와 Michigan State University 간에 Footboll(미식축구) 경기가 있었는데 사진에서 보는 북도 나왔고 응원이 대단하였다. Purdue가 21:14로 역전승을 하였는데 너무 재미있었다.

엄마가 보내신 글은 잘 받았다. 안녕.

1978년 9월 16일

인디애나 라파예트에서

형부가

선희야

단풍이 곱게 물든 산이 너무 아름다워 널 한번 데리고 오고 싶을 정도이다. 내년 가을엔 네 입학 축하 가을 여행으로 한번 오기로 하자꾸나. 요즈음의 바쁜 그 생활이 조금만 더 계속된다면 내년에는 선희도 틀림없이 이곳에 오게 되겠지.

내일 이곳을 벗어나 의상대, 강릉 경포대를 거쳐 서울로 돌아갈 생각이다.

안녕.

1978년 10월 21일

설악산에서 수원(秀元)

선희야

기대가 컸던 울릉도는 비바람 때문에 결국 못 가게 됐고 울진 성류굴을 보곤 만족하기로 했다.

2억 5천만 년씩이나 연륜이 쌓였다는 굴은 감탄할 만한 값어치가 있는 것이었지.

넌 내년에 가보기로 하렴-. 내일이면 이제 상경(上京)이다.

1978년 10월 28일(토)

포항에서 수원

1978년 12월 22일 : 맑음

오늘 여기 와서 첫날을 지낸 후 이튿날(제1일) 처음 쓰는 편지이다. 그동안 들려주고 싶은 얘기가 너무 많아 무엇부터 시작해야 할지 모르겠다. 그저 얘기하기 좋아하는 내가 한꺼번에 모든 내가 좋아하는 사람들 모아놓고 그동안의 이야기 할 수 있었으면 좋겠다는 생각뿐이다.

내가 좋아하는 사람들 엄마, 아버지, 그리고 희영이 또 포항 식구들 또 수달이 수원이 수성이 오빠. 또 너희들께 하고 싶은 한없는 이야기들.

형부의 변한 모습이 참 좋았고 비행기에서 만나는 사람들과의 대화도 참 좋아서 (한국인들도 또 홀란드 아저씨도) 나는 앞으로 어떤 불행이 다가올까 봐 두려울 정도이다.

옛날 독일 갈 때나 스위스 갈 때와 완전히 다른 위치로 내가 왔다는 생각을 하게 되었고 그래서 내게는 안 어울리는 것 같은 생각도 들 정도이란다. 형부는 생각보다 좀 더 외로워 하셨었고 고생을 많이 하셨지만 그래서 많은 것을 빨리 익숙하게 되신 것 같애. 제법 아파트에서 불편함 없도록 살림장만(?)도 곧잘 하셨고 식사도 제법 잘 만드시고(만든다는 것보다 다된 것을 준비해 놓는다는 말이 맞겠다) 공부도 어지간히 해 내시는 것 같아 안심이었다. 주위에서 많은 분들의 조언이 있으셨고 또 그만큼 미국이라는 나라가 잘 산다는 얘기도 되겠고 또 형부가 똑똑하시다는 생각 들도록 안심이 되는구나.

나는 너무 미안하도록 형부가 고생 다 하신 다음에 편하게 오게 된 것 같아 미안하고 정말 여왕 같은 기분이 드는구나. (웃음) 어제 오늘까지 시장 상점 문밖에 안 나갔지만 지루할 줄 모르고 할 이야기 많았지. 형부가 어제부터 1월 5일경까지는 방학인 것 같애. 그래서 내가 오니 좋아서 어쩔 줄을 모르시고 또 희영이랑 그곳 생각을 내가 상상했던 것 비교도 안 되게 많이 하셨던 것 같애. 형부가 철없거나 그런 점은 정말 염려 안 해도 될 것 같애. 우리들보다 생각이 깊으셨었던 것 같다.

선희 공부는 잘되니? 선희는 내가 같이 있어야 야단도 좀 쳐주고 했을 텐데 아쉽구나. 광희 Arbeit는 어느 정도인지? 그저 바라는 것은 내가 잘못했던 것을 용서해주고 너희들 좀 외롭게 지내겠지만 서로 협조하고 의지해서 보람된 생활을 해주는 것뿐이다.

오늘 이곳 한국인들 전부 모여(international 회관을 빌려서) 식사도 하고 game도 하고 노래도 하며 X-mas party가 있어 형부와 나는 인사할 좋은 기회였는데 오늘 선물(상품)들이 많았는데 1등상 3가지(Bingo game과 윷. 선물은 치즈 1BOX, 앨범, 컵 1BOX(6개))가 있었는데 전부 우리가 받았단다. Bingo를 각각 우리가 하게 되었고 윷놀이도 세 번 팀 선발해 본선에서 1등 했단다. 이상한 행운이 닥칠 때는 불운을 예상하도록 희한하게 lucky한 저녁이었다. 다 끝난 후 남자들은 poker 하러들 2차로 갔는데 그래서 오늘 밤 나 혼자 지내게 되었다., 희영이랑 느네 생각, 엄마 생각하며 잠깐 울다가 다시 정신 차려 펜을 들었다. 형부가 나를 돈 벌러 오라고 한 것 아니니 좀 쉬라고 이야기해도 그저 벌고 싶은 욕망뿐인데 X-mas 철이고 그저 모두 조용하니 구하게 안 된다. 뒤 달 지내봐야 알겠지? 또 쓸게. 안녕.

1978년 12월 22일

성희 언니가

EBS 방송국장으로 선출된 것도 같이 축하한다. 형부
P.S. 우리 막내둥이 생일을 형부가 몰랐던 것을 미안하게 생각한다.

...every single minute of!

Happy Birthday!

EBS 방송국장으로 선출된 것도
같이 축하한다.

형 부

P.S. 우리 막내둥이 생일을 형부가
몰랐었던 것을 미안하게 생각한다.

선희야.

이제는 집에서 쉬는 것도 지겹지 않니?

산업시찰(産業視察)을 핑계 삼아 며칠간 돌아다니고 있는 중이다. 창원 부산 마산 울산 포항, 경주에 지금 와 있지. 포항은 차를 타고 휙 돌아서 종하네는 만나지도 못하고 전화만 했었지.

이렇게 나와 보니 그동안 우울했던 모든 상황들을 좀은 잊어버릴 수 있을 것 같기도 하다. 광희, 수성과 한 번쯤 가까운 데라도 다녀오는 것도 좋을 듯하다.

곧 차가 떠날 것 같다. 안녕.

1980년 6월 13일 수원

언니.

날씨가 많이 쌀쌀해졌어.

중추절에의 귀가길은 모두 평안했었는지. 황금연휴 3일은 춘천에 갔었어. 엄마 옷도 가지고 갈 겸. 다음 주부터는 중간고사, 졸업시험이 계속 있어서 오랫동안 집에 못 갈 것 같아서 내려갔다 왔지.

다행히 엄마 옷은 아주 잘 맞더군. 아버지도 보기 좋다 하시고. 얼마나 다행인지 몰라. 집에 전화 좀 자주 해, 힘들겠지만……

희영이, 영석이 & 현정 모두 씩씩하게 지내겠지. 설날 때나 돼야 다시 보게 되겠네. 10월 중에 한번 내려가고 싶었는데, 졸업이라도 하려니 그것도 힘들겠지.

요새는 내가 생각해도 기특할 정도로 저녁에 일찍 집에 와.

나를 필요로 하는 곳과 사람이 자의반타의반(거의 내 탓이겠지만)으로 점점 적어지는 것 같아서 쪼금 소외감도 느끼지만. 그래도 한가해서 좋긴 좋은 것 같애.

광희도, 수성 오빠도 여전히 똑같은 생활 패턴으로(마치 마음마저 일률적인 양) 왔다 갔다 하지만, 마음이야 생각하는 게 많겠지. 얼마나 속에 갈등이 많겠어. 시집도 가야지. 장가도 가야지 마땅한 남녀는 눈에 보이질 않지. 거기에 비하면 내 취직 갈등은 보다 우아한 고민이 아닐까. 올해도 차고 채이는 경력이 또 한 번 보태졌지만 그래도 그러한 것을 웃으면서 이겨나갈 수 있는 내 나이가 한없이 자랑(?)스럽기만 하다구.

눈물 나게 고민할 때가 멀지 않았다는 것을 모르는 것은 아니지만, 그래도 올가을도 비참한 감흥 없이 보낼 수 있는 자신에게 얼마나 고마운지 몰라. 형부도 여전히 여전하시겠지. 애 보고, 돈 벌어 오고, 술 마시러 광주 가고……

언니도 생활에 변화 갖고 즐겁게 보내길 바라며(훌쩍 서울로 한 번 떠나오기도 하면서) 모두들 건강하게 잘 있으세요. good bye.

1983년 10월 4일(火)

서울에서 이모 E · sunny

광희에게

편지와 사진 받고 어제오늘 보고 또 보고 시간 가는 줄 모르고 지냈지.

그사이 춘천 엄마도 편찮으시고 해 네가 꽤 어려웠을 것 같아. 그래도 항상 일처리 잘하고 선희보다는 부지런한 너여서 잘했을 것 같다.

그리고 삶을 편하게 쉽게 살았으면 해. 모든 것 너무 잘하려고 완벽하려고 하면 무리가 오고 그래서 몸과 마음이나 다치면 오히려 못하는 것보다 못하겠지.

사람이니까 모든 것 이해되고 또 미숙한 데 매력도 있는 것 아닐까? 물론 노력은 해야겠지. 매사에 나은 사람 되려고 노력하는 것은 당연하지만 미숙한 데서 오는 인간미를 나는 더 좋아한다. 그래서 항상 나는 실수 잘하고 뭐 하나 잘하는 것 없고 좀 덜떨어진 사람처럼 사는지는 몰라도 말야.

세월의 흐름을 실감했다. 요사이는 날짜가 더더욱 빨라 웬 세월이 이리 빠르냐고 형부와 저녁 먹으며 이야기했는데 너의 결혼, 약혼 사진 함께 받으니 종하도 많이 컸고 또 너도 더 마른 것 같은 변화. 그리고 엄마를 사진에서 뵈니 눈물 나고. 더구나 약혼 사진, 네 옆에서 아버지 서서 이야기하시는 모습 뵙고 많이 울었다. 내가 워낙 눈물이 많기도 하지만 가족에 대한 슬픈 눈물은 끝도 없이 청승스럽게 잘도 나오는 나 같아.

다른 문제보다 가족에 대한 센티멘탈리즘은 항상 사춘기 때처럼 예민한지 좀 심한 것은 확실해. 동생들을 많이 거느렸어서(?) 사랑이 심한지도 모르지. 직접적인 도움도 못 주면서 마음으로는 항상 포항 오빠와 내가 그런 면에서 병적으로 심한 사랑 후유증을 나타내는 것 같아.

포항 종하 엄마가 맏며느리로서 항상 잘한다는 생각을 나도 해. 고마움이 저절로 느껴지도록 잘해줬다니 고개가 숙여지더라.

종하 엄마 하는 것 보면 쉽게(글쎄, 본인은 쉽기야 하겠냐만) 적당히 잘하는 것 같아. 모든 것을 당연하게 받아들이는 것의 차이일 거야. 맏이라는 위치를 의식적이든 무의식적이든 잘 감수하고 편안한 마음으로 받아들이니 덜 괴롭고 덜 힘들겠지. 그러니 엄마도 마음 편히 의논하실 수 있고 말이다.

어떻게 생각하면, 사람으로 태어나서 많은 사람께 도움을 준다는 사실을 즐거움으로 여기면 쉽게 큰 맏이의 역할을 더 잘할지도 몰라. 네 사진 보니 엄마 결혼 때 사진 생각이 나더라. 선희나 나보다 엄마 쪽을 많이 닮은 네가 춘천 엄마처럼 성공적인 한 여자의 삶을 살 수 있기 바래. 네게는 그만한 잠재적인 소질도 보이고 능력이 그래서 있어 보이거든.

사진 보며 여기 식구들이 흉(?)도 보고 반갑고…… 또 웃기도 하고. 희영, 현정이는 이모 좋은 옷 입어 부러워하더라. 그리고 굉장히들 좋아한대나? 형부도 뭘 이리들 좋아하느냐며, 준영 씨가 퍽 밀

음직스러워서 광희가 그만한 훌륭한 내조자가 되어 드려야 할 텐데 하는 염려도 했고 말야. 애들은 '이모부' 연습을 몇 번씩 되풀이했단다.

우리가 귀국할 때는 훌륭한 Couple이 된 행복한 모습들을 볼 수 있을 테지.

우리 애들은 지금 방에서 노래하며 수다가 한창이다.

저녁 식사 후에 아빠는 학교 office에서 공부하니 잠자기 전 대부분은 이런 모습이지. 애들이 영어도 제대로 못 하는 데다 자연스럽게 그래도 잘 어울릴 수 있을 텐데 그렇지 못하니 밖에서의 스트레스를 마음껏 푸느라고 그러는지 집에선 더욱더 요란하단다. 되는대로 TV 만화노래 영어로 기성도 지르고 비비 꼬며 춤들도 추고 나는 밖에서의 반대 현상이니 애들이 가엾기도 하고 (밖에선 항상 수줍어해. 조용한 우리 애들이잖니) 그래 마음껏 놀으라고 그냥 둔단다.

저녁 TV라도 봐야 나도 영어 한두 마디라도 늘 텐데 애들이 함께 보려고 해 프로가 마음에 안 드니 (대부분 우리나라 애들께는 야한 장면으로 비치거나 범죄물이 많아 애들이 무서워해) TV도 못 보고 나도 한국 책만 자주 보게 되어 영어 못하기는 그저 항상 마찬가지구나. Video나 사서 적당한 Tape 골라다 애들과 함께 봐야겠어. 지난 연말에 피노키오를 Purdue 영화관에서 하길래 나와 애들이 갔었는데 영석이까지 얼마나 열심히 잘 보던지 놀랐단다.

영석이가 네 돐이 지났잖니. 막내라선지 어린애 짓을 하긴 해도 자기 생활을 곧잘 한다. 누나들한테 스펠링은 읽는 것 알아가지고 눈에 띄는 단어 스펠링 열심히 묻고 있지.

현정이가 거부반응 비슷하게 말도 안 하고 애들하고 잘 안 어울려 좀 걱정인데 형부는 걱정 말래. 좀 지나면 문제 없댄다. 오늘은 제 스스로 "엄마 안 되겠어. 내가 말을 좀 해야겠어. 학교에서는 이제 말을 할게" 하고 너무 의젓하게 문제없다는 듯 자연스럽게 얘기해, 저렇게 멀쩡한 애가 왜 그리 용기가 없고 부끄러워하는지 모르겠다고 한숨지었단다. 애들께 주눅 들리게 한 것도 없건만 천성적으로 왜 그렇게 태어났는지 다루기도 힘들고 개성이 강해 야단치면 더 주눅 들릴 것 같기도 하고, 두자니 내가 답답하고.

애들이 마음에 안 들지만 노력해서 마음에 들도록 고쳐 봐야겠지. 애들도 내게 같은 마음일 테니 말야.

요즈음 학교엔 오전에 나가니? 성실히 학교생활도 잘 해나가기 바래.

내 견해로는 여자가 가정을 가지며 직장엘 다닐 땐 직장을 우선해야 할 것 같아. 그것이 사회에 대한 봉사 아니겠니? 남자들이야 평생 직장생활 하니 형부 같은 사람 너무 지나치게 직장에 매달리는 성격이 평생이라면 나는 재미 없어 못 살겠다고 했는데 대부분의 여자들은 반대이잖아.

같은 직장 남자들에 비해 불성실하면 "집에나 들어앉아 있지!" 하는 소리 들을 테니 불쾌하고 자존심 상하는 일이지? 잘 하리라 믿지만 여자라도 점점 자기 생활을 가져야 하고 그런 보람이 성취감도 있고 좋을 거야.

남자로 인해 행복하고 불행하고 하는 생활은 점점 옛날 얘기가 되어 갈 것 같아. 가정도 직장도 잘 꾸려나가는 모범적 여자 되기 바래.

많이 지껄였지? 또 쓸게.

참! 선희 잘 도와줘라. 잘 마음 써주고 외롭지 않게 의논 상대 되어 주고, 선희는 조금 불안한 면이 항상 있는 애이니 잘 지켜보며 「올바른 길」을 좀 가르쳐 주고 내게 편지 좀 하라고 그래라.

내 기억에 선희 편지 받아 본 적이 없는 것 같아. 독일 있을 때 그 애 국민학교 다닐 때 받은 것 같고.

많이 쓰느라고 글씨가 엉망인 것 이해해. 또 쓸게. 형부는 공부 힘들어 하는데 여유 있게 규칙적으로 적당히 하고 있어. 어떤 땐 장해 보이고 또 어떤 땐 나이 많아가지고 왜 온 식구가 사서 고생인가 의심스럽기도 하다. 영광 있었어도 여기보다 나은 생활은 아니었을 테니 그 이유 하나만으로 잘 왔다는 결론이 되지만 좀 더 자리 잡히면 즐거운 일들 만들 수 있겠지.

외국에서의 즐거운 일들이 무엇일까? 여행하고 돈 쓰고 그런 것일 텐데 두고 봐야지. 현재로서도 즐겁다고 생각하기로 했단다. 엄마가 건강해 지셨대고 영석이가 건강하게 잘 놀고⋯⋯(영석이가 좀 나를 놀라게 했었거든. 열로 「경기」해서) 이것으로 행복하지 않

니? 하느님께서 춘천 엄마를 우리에게 돌려주셨다는 사실이 얼마나 행복이냐? 안녕

1986년 1월 31일
성희 언니가

광희에게

오랜만에 펜을 들었다. Washington D.C 여행 갔다 열흘 만에 돌아와 보니 여러 우편물들 가운데 편지가 두 통 네게와 선희로부터였는데 아직 답을 못 했 으니 너무 미루었구나. 받을 때는 surprise이면서 남께 그 기쁨을 줄 때 인색한 것이 인간의 약점이 아닐까?

어제는 고추장을 담갔단다. 춘천 엄마가 메줏가루와 고춧가루와 만드는 법을 써 보내 주셨는데 냉동실에 아직까지 넣어두고 미루다가 큰 맘 먹고 담갔는데 아직까지는 결과가 성공이야. 요리책이며 옆에 가까이 지내는 신 중령댁(항공과 ph.D 중)과 연구를 해서 담갔거든. 지금 창가에 놓고 볕을 쪼이기 제1일이니, 춘천 엄마 말씀이 한 달 정도 하라 하셨으니 기대가 크다. 많이도 담가 글쎄, 한국 갈 때까지 먹을 수 있을지도 모르지.

어제는 수성이 색시가 편지와 미역을 소포로 조금 보냈더라. 항공료 비싸고 그래 삼가라고 편지를 썼다만 지섭 엄마가 나이가 어

려도 나같이 나이 많은 사람이라도 배울 점이 많은 것을 느끼기도 한다. 글쎄, 많이 대해서가 아니고 사람 있는 그대로 그냥 느껴지는 것뿐이야. 평가 하는 것 같아 기분이 안 좋구나. 칭찬하는 것으로 받아들이렴.

요즈음 너는 어떻게 지내니? 그리고 준영 씨는 병원일 힘들어하시니? 한여름이어서 무척 더울 텐데 병원 안에는 서늘할 테니 일이 힘들어도 복으로 여겨야지(?후훗).

우린 애들이 방학이라 집에서 천국으로 지낸다. 형부는 계속 학교에 나가지만 그래도 마음의 여유가 좀 있고 가끔 낚시도 가고 매운탕도 맛있게 먹을 수 있지. 여기도 요즈음 무척 더운데 aircon이 집에 있으니 집안에선 더위를 모르고 지낸다.

더위나 추위가 우리나라 심할 때보다 더한 이곳인데도 못 견디게 힘들었던 기억들이 우리나라 있을 때 많았기에 요즈음 우리나라 더위에 시달리는 일들을 생각하곤 한다.

작년 여름 영동 APT에서 송별회 한다고 모였던 일이며 수성이 결혼식 한다고 모였던 일이며 불과 1년 전 일들인데 먼 옛이야기처럼 생각되는구나.

우리는 요즈음 밭을 해서 제법 수확이 있단다. 그동안 배추며 총각무를 심어 먹었는데 요샌 호박이 계속 잘 달리고 오이도 따먹고 고추가 달려 어제는 첫 번째로 고추 2개를 땄단다. 깻잎을 따서 겨울에 먹을 것 간장에 저장하고 양파도 잘 자라고 꽃도 심어 백일홍을 계속 꺾어다 식탁에 꽂고…… 재미랄게 별로 없는 생활이니 그런 것이 재미가 되어지나 봐.

그리고 일요일이면 교회에 가는데 새로 오신 목사님이 이야기를 재미있게 하셔서 재미가 있다. 형부와 지난번 수양회에 참석한 후 변화가 조금 있나 봐. 그리고 우리나라의 김진홍 목사라고 설교 Tape가 여기 교회에 있는데 몇 번 들어도 참 좋다는 생각이 드는구나. 형부가 녹음해서 한국에 시댁이니 친정이니 보내드리라고 해 언제 날 잡아 녹음할까 한다. 형부는 바쁘니 교회에 나가지는 않는데 형부와 내가 기울어져 있다는 것이지 뭐 대단하게 구원을 받았거나 그 정도는 못되니 그리 알고-.

다음 주부터는 애들 수영을 데리고 다니려고 한다. 애들 summer school은 끝났고 나라도 애들 데리고 공부 좀 시켜야 하는데, 나도 애들도 안 좋아하니 그건 잘 안 되고 video를 샀거든. public library에서 애들 것이니 어른들 옛 영화니 free로 빌려주거든. 그래서 일주일에 몇 개씩 video 보느라고 바쁘다.

우리 애들 미국 애들과 잘 안 어울려 영어를 잘 못하는데 그냥 두며 세월 지내는 방법으로 요새 진행 중. 나도 이리저리 외국 애들한테 수다 부리는 편도 못 되고 다 성격으로 돌리기는 했어. 꼭 해야 할 말들은 하니까 앞으로 나아 지겠지 뭐.

선희네는 공부할 계획이라더니 요즈음은 생각이 어떤지 모르겠구나. 우선 편한 생활이 계속되니 새삼스레 고생하러 외국 간다는 것이 싫어질지도 모르지.

우리도 형부의 각오가 대단했던 것으로 생각되는구나. 그리고 경제적인 뒷받침도 그나마 되니까 각오한 것일 테지.

오늘 많이 썼구나. 별로 재미없는 편지가 된 것 같은데 이유가 뭔지 모르겠다. 우리 광희 한여름 더위에 몸조심하고 잘 지내기를 하느님께 기도할게. 방학할 테니 좀 편해지겠지? 안녕.

1986년 7월 8일

성희 언니.

광희에게

편지 쓰고 싶을 때가 많으면서도 잘 못 쓰고 세월은 빨리도 지나간다.

벌써 이곳은 이상기온이기도 하지만 가을 날씨야. 하늘은 파랗게 올라가고 애들은 춥다고 긴 바지에 얇은 윗옷 긴 잠바 걸치고들 학교에 간다. 현정, 희영 8시 20분에 아침 스쿨버스 타고 오후 3시 40분에 집에 오기 시작한 지도 오늘 닷새째.

내일모레 이틀 늦잠 잘 수 있다고 현정이가 벼르며 오늘 아침 학교 갔단다. 학교에 가보지는 않았는데 자기 말로는 많이 좋아졌다고(학교에서 애들과 말하고 어울리는 것) 하는데 사실 그 애 말은 믿을 수가 없어. 나 같은 사람 속여 먹기는 쉽다는 듯 잘 속이거든. 참 희한한 아이라는 생각 하지.

영석이는 Next week부터 오후 1:00~4:00 Nursery school 개강인데 지금 옆에서 칭얼대고 있어. Baby Sitter를 시작해서(9 months baby. 부모가 Iran인이야. 부부가 ph.D 해서 교수와 Researcher로 Purdue서 일하는데 애한테 무지 정성이며 Baby Sitter에겐 후하게 pay 안 하는 것 같애.

좀 이상한 부부라는 생각 들지만 그래도 오늘 닷새 해 보고 나니 이런 Job도 괜찮다는 생각이 든다.) 지금 방에서 애기 자고 있는데 영석인 장난감 가지고 오겠다고 들어가고 싶어서 칭얼대는 거야. 이렇게 애들 다 키워 놓고 나도 건강과 정신의 여유 생겨 Baby Sitter도 할 수 있게 해 주시는 하느님께 감사한단다.

집안 살림 하면서 하루 8시간이면 끝나는 일이고 닷새 지나면 55$ pay 한다. 나는 60$을 원했고 애기엄마는 50$로 사람을 찾다가 우리 서로 양보 55$로 정해진 거야. 옛날에 애기 키울 때 힘들던 것과는 종류가 다른 게 있지. 자나 깨나 힘들던 내 아이였고, 또 지금은 밖에 외출하고 싶은 때 못하는 답답함이 좀 불편한 것의 큰 차이가 있어.

너도 개학이 되어가지? 교통의 번잡함과 불편함이 직장인을 피곤하게 할 것 같아. 서울, 피곤한 도시라는 생각이 드니 말이다. 모든 일들이 생각하기에 달린 것, 많으니 그런 서울이 신나는 곳이라는 생각으로 enjoy 하며 매일을 사는 것도 지혜일 테지.

춘천 엄마 아버지는 건강하시겠지? 이렇게 멀리 있으니 마음뿐이고 자식들이 부모에게 잘하는 것도 한때인데 생각하면 쓸쓸해진단다. 나 살기에 급급하니 생각대로 안 되고 이제는 연세가 많으시다는 것을 인정해야 하는데 말이다.

언젠가 형부가 이런 말을 하더라. wife에게 잘하고 애들에게 좋은 아빠가 되고 부모들께 좋은 자식이 되고 친구들께 좋은 친구, 선생께 좋은 제자 등 해야 할 도리가 많은데 부모께 잘하는 것이 가장 중요한 것 같다고.

왜냐하면 바쁜 중 다른 것은 미루었다가 후에 할 수 있는 것이지만 부모님께는 이다음에 할 수 있는 성질의 것이 아니라나. 그래 고작 어쩌다 시골 시부모님께 편지를 쓰는데 형부는 부모님들께 이해를 잘 받는 행운아(?)이기도 하다는 생각 들기도 하다가 어떤 땐 혹시 "자기 할 일만 하는 포기한 자식"(?)이 아닐까 하는 의심도 해보고 말이다.

아! 가을! 가을이래서 숙연한 기분 드나 봐. 안녕.

1986년 8월 29일
인디애나에서
성희 언니

광희와 Dr. Lee.

카드 반가웠다. 몸조심 특별히 해서 건강하게 지내도록 하느님께 기도한다. 희영이 임신 때 광희가 와서 고생할 때 내가 "광희 결혼하면 뒷바라지해 줘야지" 했더니 형부 말씀 "언제 일을 벌써 계획하느냐"고 핀잔을 줬는데 일이 이렇게 되어버렸구나.

안타까울 뿐이다. 그리고 내가 할 수 있는 일은 진실로 너를 위해 기도해 주는 일이라고 생각되었지.

첫아이가 내 경우도 제일 힘들었는데 고비 잘 넘기고 기분전환 잘하고 항상 밝은 마음으로 현실에 감사하는 생활 하기 바래. 내가 얘기 안 해도 잘하는 너이지만 이제 잠깐이면 옛날 얘기가 될 거야.

선희가 임신인 줄은 몰랐었어. 걔도 괴로워하는지? Dr. Lee가 고생이 심하시나 봐? 고생하신 결과가 이다음에 나타나리라 믿어. 희망을 갖고 열심히 추구하면 모든 것이 이루어지는 듯한 믿음이 있단다. 초능력이라는 것이 막연하지만 있기도 하잖니.

내일은 이곳 한인회 크리스마스 저녁식사 파티가 있어. 희영이가 체르니 10번 피아노 독주하게 되고 현정이는 바이올린을 배워서 징글벨을 여럿이서 연주한대. 영석이는 Nursery팀으로 합창을 하고-. 2주일 겨울 방학을 이런저런 행사(?)로 바쁘게 지내게 될 테지. 교회 주일 학교서도 희영이가 제법 피아노 반주를 하게 되는 모양이야. 그래도 대견하단다.

1층으로 이사를 빨리 해서 피아노를 옮겨야 하는데 이런 중에도 곧잘 연습하는 편이지. 나는 애 보는 팔자인지 옛날엔 동생들 잘 봤고(?) 결혼해선 내 애가 셋이니 애들 속에서 헤맸고, 요즈음엔 Baby sitter 하느라 또 동심(?)에서 살고 있다.

얼마간 하다 따뜻해지면 영어 공부나 하러 다니던지 모든 일에 뚜렷한 목표가 없으니 어영부영 애 보고 있는 격이 되었구나. 희영 현정이가 8시부터 오후 3시 30분까지 학교 있으니 영석이 Nursery 가고 편해서 시작하긴 했지. 몸조심하고 또 소식 전하기로 하자. Dr. Lee와 함께 즐거운 성탄절과 새해 되길.

1986년 12월 19일

언니.

이 서방 그리고 아우

아기 아빠, 아기 엄마가 되는 1987년을 맞이하여 더욱 건강하고 가정과 직장에 기쁨만 가득가득 하기를 바라네.

여러 가지 의미에서 더욱 발전이 있는 새해이기를 기원하며

1987년 새해 아침

이수원

광희야.

이사를 했더니 하이타이라도 사들고 축하 가고픈 생각이다. 학교가 멀어서 다니기가 꽤 힘이 들겠구나. 항상 모든 걸 잘 참고 광희가 대견스러울 뿐이다.

떠나기 전에는 이 서방이 바쁜 중에도 집을 방문해 줘서 대단히 고마웠다. 상원이는 잘 크는지? 새해에는 이 서방 더욱 건강하고 가정에 행운과 행복이 함께 있기를 멀리서 기원한다. 상원이 할머니, 할아버지, 고모에게도 안부 부탁한다.

1989년 (소화 64년) 새해 새 아침

이수원

상원네에게.

그동안 안녕하신지? 상원이는 항상 건강하며, 이 서방은 이제 모든 걸 잘 끝내고 새로운 희망과 꿈을 가지고 있으리라 생각되네. 우리도 물가고에 시달리며 돌아갈 날을 손꼽아 기다리는 생활을 하고 있지. 이제 신년도 10월이면 한국으로 간다고 생각하면 새로운 힘이 솟고 하지. 새해에도 이 서방 하는 일 모두 만사형통하고, 상원 엄마도 항상 건강하고 가정에 기쁨이 가득하기를……

상원이 할아버지, 할머니에게도 건강과 안부의 인사를 부탁……

1990년 새해 새 아침

이수원

광희 언니에게

상호 씨 방학하고 2주간 뉴욕 갔다 온 후 쓰는 편지다.

식구들 모두 별고 없으신지.

상원이 돌이 얼마 전 지났겠구나. 많이 컸겠지. 걸어 다니는지. 창희는 요즘 너무 예쁘고 개구쟁이 짓을 많이 한다. 혼자 서는데 걷지는 못하지. 지금 옆에서 작은 천도복숭아를 하나 줬더니 조용히 앉아서 아작아작 베어 먹는다.

보통 때는 냉장고 문 열어젖히고 서랍 열고 내복 다 꺼내서 어질러 놓고 TV 만지고 의지에 올라가서 식탁까지 오르고…… 하여튼 온 집안을 휘젓고 다닌다. 말도 가끔 따라 하는데 엄마, 아빠 하면서 기분 내키면 다른 말도 비슷하게 따라 해서 가끔 놀라곤 한단다.

먹는 양도 많이 늘어서 생활비도 따라서 느는 기분이다. 지금 11kg에 80cm 정도 되는데 체중은 그리 많이 는 것 같지 않아. 키가 많이 자란 편이다.

상호 씨는 요즘 방학해서 집에서 주로 비디오테이프 빌려다 보는 게 유일한 낙이다. 워낙 영화가 많으니까, 다양하게 볼 수 있다.

뉴욕 가는 길에 언니 집에 들러서 엄마 아버지 만나고 창희 8일간 맡기고 다녀왔다. 장거리 여행이라 창희한테 너무 힘들 것 같아서 맡겼었는데 너무 보고 싶어서 구경도 제대로 못 하고 부랴부랴 돌아왔다. 자동차로 갔는데 언니 집까지 이틀 걸리고 거기서 뉴욕까지 이틀 걸리니까 거리로만 왕복 8일 걸린다. 먼 곳이더라.

엄마 아버지는 우리 집으로 떠나온 후 희영이네 식구하고 워싱턴과 나이아가라 여행 다녀오셨다. 여기는 7월 10일에 오셔서 2주간 계실 계획이다.

언니네 집에서는 여기저기 매일 다니시지는 못하고 가끔 여행하니까 약간 심심해하시는 것도 같았지만, 아이들이 많으니까 집에서도 즐거워하시더라. 좋은 여행이신 것 같애.

얼마 지나면 방학이겠구나. 지금 서울도 한창 덥겠지. 여기는 낮에 너무 뜨거워서 외출을 잘 안 하고 집에만 있단다. 서울보다 더 더운데 느낌이 많이 다르다. 후덥지근하게 끈적끈적하게 덥지 않고 그야말로 쨍쨍 내리쬐는 땡볕 더위인 것 같아.

창희 데리고 한번 나갔다 오면 얼굴이 벌겋게 익을 정도지. 처음에는 그래서 많이 걱정했었어. 더위 먹은 건가 해서 말이야.

창희는 피부가 많이 흰 편이다. 이곳 아파트 아이들 중에서 제일 흰 것 같애. 사람들이 suntan 좀 시키라고 할 정도인데(이곳 아이들은 워낙 까무잡잡해) 모자 없이 데리고 다녀도 벌게졌다가 이내 하얗게 된단다. 잘 안 타는 피부 같애. 피부색이 많이 달라졌어. 한국에서는 약간 검은 편이었던 것 같은데 말이야. 상원이는 여전히 하얗고 머리숱도 별로 없는지. 엄마가 가지고 오신 사진 보니까 여전하더라.

형부는 많이 한가해지셨는지. 이번 여름방학 때는 상원이와 함께 세 식구 오붓하게 멀리 떠나볼 계획은 혹시 없는지.

시누이는 학교 결정 아직 안 했니.

창희가 지금 우유병 물고 잠들었고 아빠도 옆에서 늘어지게 낮잠 중이다.

창희는 요즘 밤중에 깨나서 우유 먹는 바람에 속상하다. 두 번 정도는 꼭 깨는데 부인들 말로는 울려서 그냥 재우란다.

지금 배달부가 와서 그만 쓸게. 안녕.

1988년 6월 22일

이선희

뉴욕 와서 처음 쓰는 편지인 것 같다. 텍사스와 달리 도시라 그런지 세월도 더 빨리 지나가는 느낌이야. 3달도 더 된 것 같으니 말이다.

상호 씨는 학교 잘 다니고(New School for Social Research) 낮에 4~5시간 요미우리 신문을 돌린단다. 한 달에 1,300$ 정도 수입은 되는데 아무래도 공부할 시간이 상대적으로 적게 되는 것 같아.

세 달 사이에 나는 Wall street에 있는 coffee shop에 3주 나갔었고 Baby Sitter 한 달 반 정도 했고 지금은 (어제부터) 놀고 있어. 커피숍에서는 일회용 컵에다가 커피나 Tea 만들어서 포장지에 넣어서 손님한테 내주는 일이었는데 우리나라 롯데리아 비슷한 시스템이지. 햄버거는 안 팔고 커피, 주스, 아이스크림을 파는 작은 가게

였는데 하루 11시간 일했어. 너무 다리 아프고 힘들어서 아침에 일어나면 얼굴이 부을 정도였단다. 창희를 할머니 Baby Sitter한테 하루종일 맡기다가 창희가 고열에 발진을 해서 당장 그만두고 베이비시터를 했지. 커피 가게에서는 한 달에 1,100$ 정도 벌었는데 집에서 아기(1명) 보니까 400$밖에 안 돼서 그동안 많이 쪼들리고 힘들었었어. 집 렌트비도 없어서 쩔쩔맸었는데 얼마 전에 어머니 오셔서 그나마 한시름 놓고 있단다. 미국 생활에의 어려움과 긴장감도 1년이 되어 가니까 서서히 줄어드는 느낌인 걸 보면 이제 조금씩 적응이 되어가는 것 같다. 돈이 없어도 별로 많이 초조하지 않고 느긋한 걸 보면 말이야.

창희는 요즘 TV 어린이 프로 보고 좋아하고 음악 나오면 몸 흔들고 강아지 고양이 비둘기 보면 정신없이 좋아한단다. 대체로 건강한 편인 것 같지. 말도 조금씩 하는데 하루종일 자기 나름대로의 언어를 입으로 내뱉는 게 재미있어. 어른들 하는 것 그대로 따라 하고 하는데 요즘이 제일 예쁜 때인 것 같아 하나 더 낳고 싶은 충동을 느낄 때가 있단다. 충동으로 그쳐야 할 일이라고 마음먹고 있지. 여러 가지 조건상.

이 학교는 학위 받기가 쉽지 않다고 해서 7년을 잡고 있는데 7년까지 내가 버틸 수 있을지 모르겠다. 어머니는 데리고 가고 싶은 생각도 약간은 있으신 것 같고 나도 한국 가고 싶은 생각이 없는 것은 아니라서, 이 생각 저 생각 해보고 있는데 상호 씨 말이 7년을 헤어져 살기는 너무 긴 것 같다고 하는데(내 생각도 너무 오랜 것 같다라는 기분이 들지)…… 어쨌든 고민이 여러 가지 많단다. 서울에서 과외도 풀릴 것 같다니 서울 가서 과외나 하면서 살아도 될 것 같고 교사 경력이 있으니 순위 고사를 봐 볼까 하는 생각도 있고.

집에서 베이비시터를 해보니까 그것도 참 못 해먹을 일이더라. 남의 애랑 하루종일 집안에서 뒹굴다가 저녁 어두컴컴해지면 그야말로 허무하고 적막하고 단세포 동물인 것 같은 착각도 들고 말이다.

나는 다음 주에 어머니하고 LA 가기로 했다. 내가 너무 답답해하니까 어머니가 모처럼 같이 여행하자고 해서 친척집을 들러 오기로 했지.

아버님이 12월 23일에 오시는데 그때 다시 어머니는 아버님과 함께 LA 가서 며칠 더 계시다가 서울에 1월 10일경 가신다고 해서.

어머니 편에 춘천 엄마가 이것저것 해산물을 많이 보내셨더라. 없으면 없는 대로 대충 살 수 있는데 너무 많이 보내서 신경 쓰이더라구. 생활이 어려우시지는 않는지. 창섭이네까지 훌쩍 떠나버렸으니 말이야.

유쾌하게 지내다가도 엄마 아버지 생각하면 울적해지고 괜히 속상하고 한단다.

이번에 오셨을 때 아버지가 얼마나 좋아지셨는지…… 지금껏 살아오면서 아버지에 대한 감사, 사랑, 정 이러한 단어들을 내가 처음 마음속으로 느껴본 것 같아서 얼마나 고맙고 감사했는지 모른단다.

아버지가 알면 섭섭하게 생각하시겠지. 뉴욕 와서 가끔가끔 엄마 아버지가 너무나 보고 싶은 때가 있었는데 요즈음은 어머니가 오셔서 말상대라도 해주시니까 덜 답답하고 지낼 만하다.

상원이 사진 좀 보내고 수성이 오빠. 언니에게도 안부 전해줘.

1988년 11월 3일

선희

상원, 그리고 상원 엄마, 상원 아빠 귀하

돌아오는 새해에 하나님의 은총이 광희 가정에 가득하길 기도합니다. 주님.

카드가 늦었구나. 새로 이사한 주소가 없는 줄 알고 네 카드 오기를 기다렸지.

겨울방학이라 좀 한산하겠구나.

학교가 먼 모양이던데 출퇴근하기에 고생이 되는지? 상원 아빠는 항상 바쁘시다니 건강 신경 써 드려라. 요즈음 어떤 연대 나오신 의학박사의 건강 세미나 Tape를 듣고 있는데 어떤 현대 의학보다 감사하는 생활과 남을 사랑하는 생활과 희망을 가지고 사는 생활이 만병통치라고 하더라.

하나님을 믿고 평강을 바라보니 얼마나 좋은지 모른다. 광희야. 상원이는 건강하게 잘 자라겠지? 우린 내년 여름에나 가게 되려나 보다. 형부 실험이 오래 걸리는 모양이야. 최선을 다하고 있으니 하나님께서 함께해 주시고 다 잘되리라 생각돼. 애들은 요즈음엔 공부 걱정이 되어 한국 빨리 가서 매도 먼저 맞고 싶은 모양인데(희영이가 6학년 될 일이 걱정인가 봐) 여름에 함께 가야지 뭐.

춘천 엄마 아버지는 수원이도 없고 더 쓸쓸하실 것 같구나. 선희와는 전화 자주 하며 지낸다. 내년쯤 한번 우리가 New York 갈 일 있겠지. 요즈음 시어머님 시아버님 오셔서 Niagara fall로, Canada로 여행 떠나셨어.

선희는 시부모님이 능력(?)도 있으시고 또 베풀어 주셔서 참 감사할 일이다. 사랑은 받는 쪽보다 베푸는 쪽이 더욱 즐겁다는데 그리고 삶의 원동력이 된다는데 나는 정신없이 사느라고 베풀지도 못하고 지낸다.

이젠 우리나라 떠난 지 오래된 기분이 든다. olympic을 계기로 많이 발전했다고 하더라. 나는 70년대 초 떠나 3년 반 만에 들어갈 때 놀랐는데 이번엔 여름에 가게 되면 4년 만이 된다. 이렇게 떠돌이 생활하며 인생의 많은 부분을 살게 되었는데 잃은 것 얻은 것 고생과 편안함은 어디서나 마찬가지일 거야. 또 쓸게.

(유희영, 유영석, 유현정)

1988년 12월 언니

상원 엄마에게

잘 지내고 있는지?

이 서방도 병원 일 잘하고 상원이도 하루가 다르게 자라고 있으리라 생각한다.

우리는 잘 지내고 있다. 창섭이는 유치원에 잘 다니고 있고 정원이도 이제 잘 기어다니고, 물건 잡고 서려고 노력도 하고, 괜히 우는 척하면서 어리광도 부리고 한단다. 창섭 에미는 일본어(日本語) 배우는 데 취미를 붙여서 어떤 때는 나보다도 더 열심히 하는 통에 내가 조금 창피할 때도 있지.

원래 나는 모든 것을 그리 열심히 하는 편이 아니었잖니? 어렸을 때부터.

창섭 에미가 모든 일에 악착같은 성격은 광희 너하고 비슷한 데가 있는 것 같애. 창섭이나 정원이, 상원이도 그런 성격은 닮는 게 좋을 것 같은데……

상원이는 요즈음 어떤지?

아직도 머리가 조금밖에 없는지? 머리칼이 조금밖에 없고 눈이 커서 참 신선한 느낌을 주는 애였는데…… 요즈음도 바지런하게 신경 쓰고, 왔다 갔다 하는지 궁금하다. 보고 싶기도 하고…… 상원이는 어렸을 때 다치는 걸 액땜 많이 해서 몸은 건강할 것 같던데……

처형 편에 보낸 창섭이 잠옷은 참 유용하게 입히고 있다. 갖고 온

날 저녁부터 창섭이가 입고 자는데 참 잘 맞고, 어울리는 것 같으니. 창섭이도 참 좋아한다. 입고 자던 잠옷은 이제 쳐다보지도 않지.

처형 편에 무얼 좀 사 보내려고 하였는데 적당한 게 잘 안 보이는구나. 일본은 물가가 워낙 비싸니까 웬만한 건 엄두가 나지도 않고. 막상 물건을 보면 별거 아닌 것 같은데도 말이야.

창섭 에미가 나가서 상원이 방 벽에 걸어놓는 걸 사온 모양이다. 마침 이사도 갔고 하니 방에 걸어 놓으면 좋겠지. 다른 한 set는 지섭이네 집에 보내도록 해라. 별것 아니지만 그래도⋯⋯

온도계, 습진약 등은 엄마가 사 보내라고 편지를 하셨더라. 아마 니네들 나눠 주려고 하시는 것 같은데 일단 엄마하고 어떻게 처분할 것인지 상의하는 게 좋을 것 같다. 엄마에게도 따로 편지 쓸 생각이다. 새로 이사 간 상계동 Apt는 어떤지? 주소를 보니까 Royal 층이던데 좋으리라 생각된다.

이 서방도 만족해하겠지? 차 운전은 조심해서 하도록 네가 바가지도 좀 긁도록 해라. 내가 상계동에 계속 있었으면 자주 만날 수 있었을 텐데⋯⋯란 생각이 든다.

이 서방에게도 각별한 안부 부탁하고, 상원이 할아버지, 할머니에게도 안부 부탁한다. 상원이 고모에게도 인사 부탁하고⋯⋯

안녕.

1989년 1월 26일
이수원

편지를 얼마 동안 아무 데도 안 쓰다가 부탁할 일이 생겨서 답장을 쓴다.

항상 그랬지만 요즘은 특히 더 갈팡질팡해져서 편지 쓸 의욕도 없고…… 그저그저 창희 보는 낙에 하루하루를 보낸단다.

시댁에도 춘천에도 편지 안 드린 지 한 달이 넘는가 보다.

나는 요즘 주말 이틀 맨해튼 Mid-town에 있는 샐러드 파는 가게 cashier로 나가는데 요번 주까지 나가면 한 달이다. 창희는 아빠가 보고 하루 11시간 정도 일하는데 집에 오면 기진맥진해서 월, 화 이틀은 하루종일 잠만 자는 것 같다. 단순한 일이라 힘든 줄은 모르겠는데 어쨌든 11시간 남의 돈을 만진다는 게 피곤한 일인가 봐. 먼저 나갔던 coffee shop보다 훨씬 일이 덜한데도 몸이 작년 다르고 올해 다른지 집에서 내내 늘어지는구나. 작년에 full time으로도 나갔었는데 지금은 상상도 못 할 일이야. 다들 그렇게 일하며 사는 미국의 한국 사람들이 신기하게만 보일 뿐이다. 한국의 파출부도 nine to five에 중간중간 간식 주고 쉬게 하면서 어떤 때는 빨리도 보내주고 하는데 미국에서의 11시간 노동은 잠시도 쉴 틈을 안 주는 빡빡한 일이다.

창희는 89년 접어들면서 밥도 잘 먹고 재롱도 늘어서 그나마 사는 낙의 일부를 맡아 주고 있단다. 89cm에 30파운드(13~14kg 정도일까) 나가는데 두 돐된 아이 표준 정도인 듯싶다. 대체로 가리는 음식 없이 변화 있게만 주면 이것저것 잘 먹는 편이야.

나는 이것저것 고민을 하다가 7월 11일에 한국 갈 예약을 하려고 한다. 내일쯤 여행사에서 예약할까 하는데 별로 마음이 내키지 않는 것도 같고 그냥 있기도 싫고 그야말로 〈내 마음 나도 몰라〉.

가봐야 반겨줄 사람도 없을 텐데…… 그렇다고 여기서 붙잡을 사람도 없단다.

왜 유학을 왔나에서부터 시작을 해서 왜 결혼을 했나까지 금새 비약해 버리는 재미없는 생활이다.

요즘 뭐를 할까 생각중에 GRE, TOEFL이나 한번 봐 보려고 2월부터 공부를 조금씩 했는데 계획으로는 8월에 여기서 시험을 보고 한국 들어갈 생각이었는데 창희가 두 돌이 되면 비행기 값을 3분의 2 내야 한다고 해서 할 수 없이 7월 13일 이전에 가게 됐다. 그래서 시험을 한국에서 보려고 하는데 여기서는 신청을 할 수가 없다니 대신 신청을 해 줬으면 하는데. 너의 시누이가 절차를 잘 알 테니 물어봐도 되고(그리 복잡하지는 않은 것 같다) 수고스럽지만 부탁을 해도 되지 않을까.

돈이 기만 원 들 텐데 나중에 한국 가서 계산하자.

신청서 쓰는 내용은 모두 체크를 했으니까 그대로 베껴 적기만 하면 될 텐데 의심나는 것도 적당히 기술적으로 해주면 될 것 같다.

GRE는 8월 2일에 보는 것 같은데(한국도 같지 않을까?) 그때쯤으로 해주고 TOEFL은 11월 12월에 두 번 볼 수 있게 신청을 했으면 좋겠다.

그리고 여기저기 뉴욕의 이 선생님 귀국을 알려서 과외 학생이 꼬이게끔 해주면 한국 가서 수고비를 좀 줄지도 모르지.

여기서 대학원을 가고 싶다는 생각이 막연하게 있었는데 시간적, 경제적인 이유로 그야말로 막연함 속에 그냥 한번 시험 쳐보려고 한다.

생각으로는 뉴저지에 있는 Rutgers에 내년 가을 학기 입학하고 싶은데 공부를 많이 못하니 admission 받을 수 있을지도 의문이고, 된다 하더라도 경제적인 문제를 생각하면 사실 거의 불가능할지도 모르는데 그냥 집에서 놀자니 한심하고 걱정스러워서 그냥 한번 재미삼아 가능성을 타진해 보려고 한단다.

혹시 신청상의 어떤 문제가 있으면 전화하기는 곤란할 테니까 Express mail로 알려주면 여기서 전화를 하던가 할게.

낮에 직장을 나가니 시간 내기가 힘들 텐데 해줄 수 있는지 모르겠다. 학교에서도 이제 어느 정도 파워가 있을 테니 중간에 살짝 외출해도 되지 않을까.

나가던 샐러드 바는 요번 주까지 하고 그만두려고 해. 이틀 나가고 이틀 잠자고 나면 일주일이 하는 일 없이 지나버려서 그나마 조금씩 하던 공부조차 하나도 할 수가 없어서 과감하게 놀고먹으려고 한다.

오늘이 희영이 생일이다. 희영이가 사춘기인지 언니 속을 좀 썩이나 봐. 전화로 하소연을 하는데 어떤 때는 아이가 좀 지나치지 않나 걱정도 된단다.

사실 모두 거치고 살아왔으면서 지나고 나면 새삼 별것도 아닌 것을 남이라 심각하게 느끼는 것인지도 모르지.

창희는 떼어놓고 싶은 생각이 없단다. 부모가 별로 대단한 것 하지도 못하는 주제에 아이를 희생시키는 것 같기도 하고 말이다.

또 쓸게. 엄마한테 안부 전해줘.

* 지점토는 사실 우리가 지금까지 한 번 시도를 해봤는데 팔지를 못했단다. 동네가 가난한 동네(흑인과 히스패닉이 많이 살거든)라 지점토의 진가를 모르는 것 같애. 상호 씨가 방학 때 다시 한 번 try를 해 본다고 하는데 잘될지 모르겠어.

1989년 3월 28일

선희

식구들한테 편지 쓴 지도 오래되고 해서 창희 자는 새에 엄마한 테 쓰려고 앉았는데 별 할 말도 없고 해서 너에게 쓴다.

27일이 예정일이라니 만삭이겠구나.

형부가 병원 결정되어 다행이고 희영이네로 인해 심심치는 않겠 구나 생각된다.

여름에는 창섭이네도 들어간다니까 자주 모일 수 있겠다.

지섭이네가 사북으로 갔다는 얘기 듣고 마치 무슨 소설 속의 주 인공들 같은 생각이 들더라. 워낙 사북이라는 지명이 소설에서나 익숙해져 있는 곳이라 말이다.

우리는 Amherst에서 돈을 못 받게 돼서 그냥 있기로 했다. Dukakis가 Massachusetts 주지사 하면서 워낙 돈을 많이 써서 주 립대학 재정이 안 좋다는 얘기를 듣고 약간 걱정은 했었는데 막상 Reject 당하고 얼마간은 황당했었다. 장학금이 많이 줄어서 기초 학 생들도 많이 transfer 한다고 해서 설마 했었지.

학점도 좋고 GRE 성적도 꽤 좋게 나온 데다가 그곳에서는 New school을 아주 좋게 인정해 줘서 거의 옮길 수 있을 거라고 생각했 었어. 어쨌든 지금은 여기서 빨리 끝내고 가는 도리밖에 없구나 싶 단다.

나는 지난 학기 아빠에게 창희 맡기고 한 달간 Deli Cashier 하다 가 기말시험 준비 때문에 그만두고 집에 있다. 지금은 시험 끝나고 방학 중인데 이달 말경 New Jersey로 이사해서 Baby sitter 할 것 같다. 여기는 한국 할머니들이 워낙 많아서 Baby 구하기가 힘든데 마침 New Jersey 사는 같은 학교 다니는 사람이 자기 집 아이 둘 봐줬으면 해서 이사하기로 했어. 그 동네는 Baby sitter 구하기가 힘들다는구나.

우선은 이곳에서 살 방법을 생각하고 빨리 끝내고 한국 가는 길을 택하는 수밖에 없는 것 같다.

어떤 때는 불쑥불쑥 다 때려치우고 가고 싶은 생각이 들 때도 많다. 돈 받아 쓰는 것은 치사하고 4년 정도 지난 후 한국 JOb 사정도 불안하고 말이야.

본인은 답답한지 얼마 전에 고려증권 국제부 사원을 미국 대학원 나온 사람 대상으로 뽑는 사원 모집에 이력서를 내더라. 미국 근무인지 한국 근무인지는 잘 모르겠는데 미국 근무이면 9 to 5 일하고 공부하면 좀 시간이 걸리더라도 우선은 마음 편히 공부할 수 있겠는데, 한국 근무이면 그것도 좀 생각해볼 문제고, 그런데 면접하러 오라고 전화가 왔었다. 돼도 고민이지. 한국 가서 살고 싶은데 시댁에 들어가서 사는 건 싫고.

이래저래 떠나온 걸 후회하고 있지만 그러기에는 너무 먼 길을 온 것 같다

돌아가기도 이제 와서 쓴 돈이 너무 아깝다. 돈 생각하면 빨리 학위를 받아야겠지.

엄마는 서울 이사 하시는 게 잘 됐는지 모르겠다.

너는 애 낳고 학교는 계속 다닐 생각인지 고민되겠다.

난 다른 집 둘째 아기 낳는 걸 몇 번 이곳서 보면서 낳지 말아야겠다는 생각이 점점 굳어진단다. 점점 게을러져서 힘든 건 정말 싫어. 시간 나면 편지 좀 써라.

창희는 요즘 말이 굉장히 늘었다. 춤도 어른보다 더 잘 추고 어깨하고 히프하고 얼마나 잘 돌리는지 몰라. 흑인 애들 춤추는 것 보고 배웠나 봐, TV에서, ABCD 노래도 잘하고 one, two, three도 제법 셀 줄 안다.

야단치면 〈엄마 사랑해〉 하면서 애교 떨고 예쁜 짓 한다.

하루종일 같이 있으면 심심하지는 않아. 나보다 말을 더 잘하고 상상력도 풍부하고 기억력도 제법이야.

상원이도 많이 컸을 텐데 내 애만 큰 것 같구나.

엄마, 아버지, 희영이네한테 안부 전해줘라. 잘 있다고.

고려증권 얘기는 안 들은 걸로 하고. 어차피 안 가게 될 거니까.

잘 있어. 아기 순산하길……

1990년 6월 6일

선희

사랑하고 사랑하는 당신

초판1쇄 인쇄 2014년 06월 15일
초판1쇄 발행 2014년 06월 20일

엮은이 ㅣ 이수곤 외
펴낸이 ㅣ 김향숙
펴낸곳 ㅣ 인북스
등록 ㅣ 1999년 4월 21일(제2011-000162호)
주소 ㅣ 경기 고양시 일산서구 성저로 121, 1102동 102호
전화 ㅣ 031) 924 7402
팩스 ㅣ 031) 924 7408
이메일 ㅣ editorman@hanmail.net

ISBN 978-89-89449-43-0 03810

값15,000원
잘못된 책은 바꾸어 드립니다.

이 도서의 국립중앙도서관 출판시도서목록(CIP)은 서지정보유통지원시스템 홈페이지(http://
seoji.nl.go.kr)와 국가자료공동목록시스템(http://www.nl.go.kr/kolisnet)에서 이용하실 수 있습
니다.(CIP제어번호: CIP2014016751)